EINE MEERJUNGFRAU MIT HERZ

TAMSIN LEY

Übersetzt von
FRANZISKA POPP

Lektor: Lektorat Christian Popp

ISBN: 978-1-950027-39-2

Cruz beobachtete seinen Freund Jake, wie er mit dem Finger über den Arm einer sonnengebräunten Blondine glitt und etwas sagte, das sie zum Kichern brachte. Das Partyboot war mit vielen alkoholisierten Gästen gefüllt und es machte den Anschein, als würde Jake jeden einzelnen Weiblichen vögeln wollen. Im Gegensatz dazu hatte sich Cruz auf einen Tauchurlaub gefreut. Erst am Morgen hatte Jake ihm gesagt, dass sie heute schnorcheln gehen würden, doch welch Überraschung: Bisher hatte keiner von beiden auch nur den Zeh ins Wasser gesteckt.

Cruz fand den Blick seines Freundes und kommunizierte per Gebärdensprache: „Willst du eine Runde schwimmen?"

Das sündhafte Grinsen auf Jakes Lippen verriet ihm, dass daran kein Interesse bestand. Wie es üblich für seinen Freund war, riss er einen seiner furchtbaren Witze, um das Eis bei seiner Eroberung zu brechen.

Seufzend blickte Cruz über das glitzernde Meer und stellte sich die Laute vor, die Wellen machten, wenn sie gegen den Rumpf des Bootes krachten, oder die Schreie der Möwen in der Ferne. Seit seinem siebten Lebensjahr war er taub. Nur vage erinnerte er sich an eben diese Geräusche, zumeist aus TV-Shows, die er in dem Alter geschaut hatte. Auch erinnerte er sich daran, dass seine Stimme nicht besonders verlockend klang, weshalb er sich oft dafür entschied, einfach den Mund zu halten.

Der Duft von Kokosnussöl trat an seine Nase und er wandte sich wieder den Gesprächen zu. Wahrscheinlich lachte er bei Jakes Pointe ein wenig zu spät, ein wenig zu laut.

Die Rothaarige zog die Augenbrauen zusammen und er beobachtete, wie ihre von der Sangria befeuchteten Lippen Worte bildeten: „Was geht denn mit ihm?"

Mit dem Wissen, dass Jake nun die Gehörlosen-Karte ziehen würde – schließlich liebten Frauen einen Mann mit einem tauben Kumpel fast so sehr wie einen Kerl mit einem Welpen –, entschied Cruz sich für ein freundliches Lächeln und formte mit den Händen: „Ich gehe Hummertauchen."

Jake nickte ihm zu und wandte sich wieder der Blondine zu.

Cruz lief zum Heck des Bootes und schnappte sich eine Schnorchelmaske. Schnell tauchte er ins wundervolle, kühle Wasser und schwamm zum Riff. Er liebte das Tauchen. Unter der Wasseroberfläche spielte seine Gehörlosigkeit keine Rolle. Eigentlich bevorzugte er die volle Taucherausrüstung, doch auch Freitauchen konnte Spaß machen. Er hatte ein gutes Auge für Langusten auf sandigem Boden. Einen Sommer lang hatte er damit sogar genug für seine Miete verdienen können, indem er seinen Fang im lokalen Supermarkt verkauft hatte.

Innerhalb weniger Minuten entdeckte er einen blaugrünen Krebs. Er richtete sich aus, um das Tier an seinem Panzer zu packen, und bereitete sich darauf vor, wieder an die Wasseroberfläche zu schwimmen. In dem Moment erblickte er hinter einem grünen Seefächer einen weiblichen Partygast. Wenigstens eine Person war seinem Beispiel gefolgt, ein bisschen das kühle Nass zu genießen. Ihre langen, dunklen Haare trieben um ihr Gesicht und ihr roter Lippenstift büßte auch unter Wasser nichts an seiner Leuchtkraft ein.

Okay. Er war überrascht, dass eine von den Frauen an Bord entschieden hatte, sich nass zu machen. Mit Wasser. Seine Lunge schmerzte und meldete, dass er Sauerstoff brauchte. Dennoch hob er den Krebs zur Begrüßung und formte das Zeichen für Essen. „Abendessen?"

Die Frau öffnete den Mund, als würde sie etwas sagen wollen, und winkte ihn mit einer Hand zu sich.

Ist sie interessiert? Sie schien seine Leidenschaft fürs Schwimmen zu teilen. Vielleicht war das mit dem Partyboot doch keine schlechte Idee gewesen.

Grinsend zeigte Cruz mit dem Zeigefinger nach oben und setzte sich sogleich in Bewegung, seine Augen weiterhin auf der Frau.

Ein Blitz aus blasser Haut, schwarzen Haaren und roten … Beinen schoss auf ihn zu.

Überrascht hielt er mit dem Strampeln inne. Von hinten näherte sich plötzlich eine Frau mit langen, violetten Haaren, die mit ihren Brüsten seinen Arm streifte. Sie zog sein Gesicht zu sich und bedeckte seine Lippen mit ihren. *Ein bisschen schnell, sogar für eine feuchtfröhliche Kreuzfahrt.* Ihr Haar hüllte ihn wie violetter Nebel ein und blockierte sein Sichtfeld. Der Krebs rutschte ihm aus den Fingern. Er umfasste ihre Handgelenke und versuchte, sie von sich wegzuschieben, aber verdammt, die Frau war stark. Und scheiße, seine Lungen brannten.

Die Frau stieß nicht nur ihre Zunge in seinen Mund, sondern presste auch ihre Brüste und ihre Hüften an ihn. Anscheinend wollte sie nicht länger warten und sofort zur Sache kommen.

Was zum Teufel? Unfähig, sich zu befreien, entschied er, mit den Beinen zu strampeln. Mit ihr im Schlepptau stieg er auf.

Ein zweiter deutlich identifizierbarer Frauenkörper schmiegte sich an seinen Rücken, womit sein Fortschritt zur Wasseroberfläche gebremst wurde. Alsbald riss ihm jemand die Schnorchelmaske vom Kopf, während zwei Hände gierig über seine Haut fuhren.

Er wehrte sich, Bläschen lösten sich aus seinem Mund, seiner Nase. *Wie schaffen sie es, so lange den Atem anzuhalten?*

Von hinten griff eine Hand um ihn herum, fand ihren Weg in seine Schwimmshorts und packte seinen Schwanz.

Auch die restliche Luft verabschiedete sich aus seinem Mund. *Heilige Scheiße!*

Er widerstand dem Drang, den verhängnisvollen Atemzug zu nehmen, der nur Wasser mit sich bringen würde. Das konnte nicht echt sein. Von wunderschönen Frauen im azurblauen Ozean zu Tode begrabscht zu werden, konnte einfach nicht echt sein. Sein Kopf fühlte sich benebelt an, seine Verzweiflung nach Sauerstoff war groß. Er schloss die Augen in dem Glauben, dass dies ein Traum sein musste.

Ein Traum. Er musste einfach träumen. Es gab keine andere Erklärung – oder war er bereits tot?

Er saugte Wasser in seine Lungen.

Mehr Wasser.

Seine Augen öffneten sich und er fand sich den sommersprossigen Wangen der Frau mit den violetten Haaren gegenüber, die ihn weiterhin mit Küssen lockte. Indessen rieb sie ihren schlanken Körper an ihm, ihre Nippel strichen durch die feinen Härchen auf seiner Brust.

Wenn dies ein Traum ist, kann ich mich auch darauf einlassen.

Er legte seine Hände auf ihre Hüften und bemerkte sofort, dass sie kein Bikinihöschen trug. Dies war der realistischste Traum aller Zeiten. Er könnte schwören, dass der Duft nach Sex von ihrer Haut zu ihm schwappte. Dann wickelte er beide Arme um ihren Rücken und presste seine Erektion gegen ihren Bauch.

Sie rieb sich an ihm, offensichtlich höchst zufrieden mit seiner Reaktion und unterbrach ihren Kuss, um an seinem Kiefer zu knabbern. Während sie sich einen Weg zu seinem Hals und seinem Oberkörper bahnte, lehnte sich die Frau hinter ihm von oben über seinen Kopf, um seine Lippen für sich zu beanspruchen. Bevor ihre Haare seine Sicht blockierten, bildete er sich ein, einen riesigen, violetten Fischschwanz gesehen zu haben …

Seine Schwimmshorts wurde ihm über die Beine gerissen.

So sehr er das Meer auch liebte, in seine Sexträume hatte es sein Lieblingsort bisher noch nie geschafft. *Einfach Wahnsinn. Wahnsinnig gut.* Durch seine Adern strömte unaufhaltsam die Begierde.

Eine Zunge liebkoste seine Eichel. Seine Hüfte zuckte nach vorne und ein tiefes Stöhnen kroch seine Kehle hinauf. Er wusste nicht, wo er seine Hände platzieren sollte – auf die Frau, die mit seinem Schwanz beschäftigt war, oder die Violetthaarige, die ihre Zunge zwischen seine Lippen stieß. Er entschied sich für einen Kompromiss, schließlich hatte er zwei Hände. Mit einer packte er die Haare von der Dame, die ihn küsste und verstärkte damit ihre Bemühungen. Dann fiel sein Blick auf ihre Nippel, die so rot wie Maraschino-Kirschen waren.

Wie Kirschen auf zwei Sahnehäubchen, dachte er, und musste daraufhin feststellen, dass er das Gefühl hatte, einen über den Durst getrunken zu haben. Ein weiterer Gedanke kam ihm. Sollte er? Warum nicht? Es war immerhin sein Traum. Hier konnte er tun, was er wollte. Seine Hand wanderte zu ihrer Brust, um den verführerischen Nippel zu seinen Lippen zu führen, als plötzlich ein drittes Paar Hände die Hügel umfasste. Goldbraune, feingliedrige Finger zwickten die Nippel und neckten sie.

Er beendete den Kuss und versuchte, einen besseren Blick auf seine Partner zu werfen, doch er wurde schnell von Fingern mit unnatürlich langen Nägeln zurückgeholt. Tief in seinem Unterbewusstsein wunderte er sich über die forsche Handhabung in seinem eigenen Traum. Er hatte kein Problem mit einer Frau, die einen gesunden Appetit pflegte, doch generell bevorzugte er es, die Zügel in der Hand zu haben. Momentan fühlte er sich eher wie ein Spielzeug.

Drei Paar Hände und drei Münder küssten und liebkosten seine Haut, seine Lippen und seinen Schwanz. Er ließ sich nicht davon abhalten, sie gleichermaßen zu berühren. Rasch fand er straffe Brüste und harte Nippel, einen schlanken Hals und seidenweiche Haare. Aber jedes Mal, wenn er den Versuch unternahm, den verlockenden Bereich zwischen den Schenkeln aufzusuchen, wichen sie ihm aus.

Dann packte eine von ihnen seine Hüften, presste sich an ihn. Die vertraute Wärme einer Pussy hätte ihn beinahe vorzeitig zum Höhepunkt geführt. *Heilige Mutter Gottes, kein Kondom.* Gut, dass dies ein Traum war. Sie nahm ihn hart und er wickelte die Arme um sie, wollte ihren Hintern packen, woraufhin sie unerwartet auf Abstand ging.

Dunkle Haare füllten sein Sichtfeld. Scharfe, weiße Zähne funkelten zwischen blutroten Lippen. Er blinzelte und erkannte, dass die dunkelhäutige Frau mit den goldenen Haaren anstelle von Beinen einen Fischschwanz in derselben Farbe zu haben schien. *Was zum Teufel?* Er wusste, dass es Menschen gab, die sich als Meerjungfrauen verkleideten, aber diese Wesen waren verdammt nochmal echt.

Er wollte zurückweichen, presste sich gegen die blassen Schultern der Frau, deren blutrote Lippen noch immer nichts an Intensität verloren hatten. Zwischen ihren nackten Brüsten schwang ein Anhänger, der die Form eines Truthahngabelbeins hatte. Nicht weit unter ihrem Bauchnabel ging ihre blasse Haut zu der Farbe ihrer Lippen über – zu einem Fischschwanz inklusive einer Schwanzflosse.

Ein Fischschwanz.

Die Erkenntnis traf ihn wie der erste Atemzug nach einem langen Tauchgang. Er verstärkte seine Bemühungen, den drei unheilvollen Wesen zu entkommen, und bewerkstelligte es irgendwie, sein Sichtfeld zu vergrößern. Die Felsen und das Riff waren nicht mehr zu sehen, genauso wenig wie das Boot. Stattdessen befanden sie sich in einem dicht bewachsenen Seetangwald, in dem das Sonnenlicht alles einen trüben, grünen Anstrich verlieh. Trotz seines schwindenden Interesses zeigten seine drei Partner keine Ermüdungserscheinungen: Weiterhin packten und kratzten und grabschten sie nach ihm, während sie es zu frustrieren schien, dass er ihnen keinerlei Aufmerksamkeit schenkte.

Mechanisch erwiderte er ihre Berührungen und gab ihnen, was sie verlangten. Er befürchtete Schlimmes, wenn er das nicht täte. Dies war kein Traum, und dies waren keine normalen Frauen.

Er befand sich unter Wasser.

Er atmete.

Und er war von Meerjungfrauen umzingelt.

Ebby lugte zwischen den Seefächern hervor, ihr Blick auf der Orgie, zu der drei Meerfrauen auf einer Lichtung geladen hatten. Sie teilten sich einen tief gebräunten Mann, seine muskulöse Statur zeichnete sich durch eine überraschende Flexibilität aus. Seine Hände massierten die Brüste einer Meerfrau, zogen die nächste in eine intime Umarmung, was verhinderte, dass die Orgie zu einem gewalttätigen, wetteifernden Blutrausch zwischen den Meerfrauen avancierte. In der Strömung trieb der Geruch von Sex und das verstärkte das ungute Gefühl in ihrem Bauch.

Macht schon. Beendet es.

Vor zwei Jahren hatte sie entschieden, das weibliche Geschlecht anzunehmen. Nicht aufgrund eines biologischen Triebs, sondern weil Meerfrauen offensichtlich zu mehr innerer Stärke neigten. Meermänner wie ihr Vater waren zum Tode verurteilt, sobald sie mit einer Meerfrau einen Bund eingingen. Denn es dauerte nicht lange, bis die Gefährtinnen untreu wurden und die Männer mit gebrochenem Herzen zurückließen. Trotz allem weigerte sich Ebby, wie ihre Mutter zu werden. Sie wollte keine Menschen töten oder Meermänner in eine unweigerliche Depression schicken.

Mit dem Verhalten, das ihre Mutter stets an den Tag gelegt hatte, war es Ebby gelungen, eine wahre *Meerjungfrau* zu bleiben – ein selten existierender Kraftakt unter ihresgleichen. Deshalb hatte sie an Orgien dieser Art immer nur aus der Ferne teilgenommen. Sie wartete geduldig, bis der unwissende Mann benutzt und zum Sterben zurückgelassen wurde. Erst dann näherte sie sich und brachte ihn ans sichere Ufer. Leider starben die meisten bereits während der Orgie. Die Männer, die sie lebendig vorfand, erlagen dann auf dem Weg zum Ufer ihren Verletzungen.

Das hielt Ebby jedoch nicht davon ab, es wenigstens zu versuchen.

Gerade wurde sie Zeuge von einem Mann, der sich außerordentlich gut hielt. Zudem konnte sie die

Anzeichen erkennen, dass die Meerfrauen ihr Interesse verloren. Wenn sie es schaffte, zumindest eine Seele vor ihrem Untergang zu retten, wäre das ihre selbstauferlegte Enthaltsamkeit wert gewesen.

Die verführerische Melodie der Meerfrauen jagte wellenartig durch das Meer. Urokotoris blutrote Krallen strichen über die zwei Saiten der Harfe, die sie um ihren Hals trug. Sie rieben ihre Körper an dem Menschenmann und entfachten damit gleichermaßen Ebbys niedere Instinkte, so wie auch die des Menschen. Sie rieb mit einer Hand über eine blasse Brust und zwickte in ihren korallfarbenen Nippel. Lustvolle Empfindungen schwappten durch ihren Körper und sammelten sich in ihrer Mitte.

Jetzt zwickte sie noch härter zu und bahnte sich mit der anderen Hand einen Weg zu den geschwollenen Schamlippen ihrer Genitalspalte. Ihr Meerfrauenschwanz zuckte bei der Berührung, ihr Blut kochte, als sie beobachtete, wie die Länge des Mannes sich immer und immer wieder in einer der Meerfrauen vergrub. Einem Höhepunkt herannahend, fiel ihr auf, dass sich die Gruppe ihrem Versteck näherte. Urokotori hatte sie entdeckt. *Oh nein ...*

„Komm, Ebby." Die zweite Meerfrau im Bunde packte sie am Arm und zog sie hinter den Seefächern hervor.

Hinter ihr, noch halb vergraben im Meeresboden, hörte Ebby ihr Haustier Kato, ein Fangschreckenkrebs, der sich bei jeglicher Bedrohung im Sand einbuddelte. Regelmäßig wurde sie für ihr nutzloses Haustier von ihren Artgenossen belächelt, aber Kato war von sich aus auf Ebby zugekommen und nicht, weil sie das Tier mit einem Lied dazu verführt hatte. Ebby liebte den kleinen Kerl.

„Wir waren alle schon dran." Urokotori schubste Ebby in die Arme des Mannes. „Er kann dein Erster sein."

Die beiden anderen Meerfrauen ließen ihre Lieder verstummen, ihre scharfen Zähne blendend weiß zwischen ihren von Küssen geschwollenen Lippen. Lutana wickelte sich um den Oberkörper des Mannes und strich mit ihrer goldenen Schwanzflosse über seinen Rücken. „Die Menschenmänner sind immer so schön willig."

„Sein Stehvermögen ist beeindruckend", erwähnte Selachii, ihre amethystblauen Augen von einem Lustnebel verschleiert. Ihr Lakai, ein Drückerfisch, schwamm in der Nähe ihrer grotesk vernarbten Schwanzflosse.

Der Blick des Mannes fand Ebby. Ihr stockte der Atem. Die Farbe seiner Augen erinnerte sie an einen Gezeitentümpel. Sah sie in seinen blau-grünen Tiefen einen Anflug von Panik? Während der Orgie hatte er sich derart willig und selbstbewusst gegeben, ohne jemals Anzeichen von Angst oder Ermüdung zu zeigen.

Die drei Meerfrauen umkreisten Ebby und den Mann. Seine langen, durchtrainierten Beine rieben gegen ihren Meerjungfrauenschwanz, die Eichel seiner Erektion hinterließ einen heißen Pfad auf ihrer Haut. Noch nie zuvor war sie einem erregten Mann so nah gekommen.

Urokotori befahl: „Sing, Ebby. Sing."

Sie konnte nicht anders, ließ den Blick über seine muskulöse Brust zu seinen beeindruckenden Bauchmuskeln schweifen. Feine Haare ebneten den Weg zu seinem pulsierenden Schaft. Nur ein paar wenige Kratzer verunstalteten seine makellose, bronzene Haut, wo sich fahrlässige und grobe Meerfrauen an ihm zu schaffen gemacht hatten.

Ebby leckte sich über die Lippen, während ihr Geschlecht trotz ihres Entschlusses heiß pulsierte. Wie sollte sie dieser Situation nur entkommen? Gegenüber ihren weiblichen Artgenossen waren Meerfrauen genauso grausam wie bei Männern. Auch wollte sie keine Schwangerschaft riskieren! Meerfrauen waren furchtbare Mütter. Deswegen hatte Ebby sich geschworen, niemals ein Baby in diese Welt zu setzen, wenn es nur Todesangst und Einsamkeit erfahren würde – so wie sie das hatte erleben müssen.

„Er ist bereit", sagte Lutana. „Du brauchst noch nicht mal singen. Nimm ihn dir und bringe es endlich hinter dich."

Urokotori platzierte ihre Hände auf Ebbys Rücken, schubste sie und sorgte dafür, dass ihre geschwollenen Brüste über die harten Brustmuskeln des Mannes streiften. „Heilige Abgründe, wieso bist du nur so langweilig!"

Der Mensch legte eine Hand auf ihre Hüfte, ein Instinkt, durch den er sie weder von sich wegschob noch an sich heranzog.

Langweilig. Das würde ihren Fluchtweg ebnen. Man konnte der Aufmerksamkeit einer Meerfrau nur entkommen, wenn man sie langweilte. Oder indem man ihnen eine bessere Unterhaltung anderswo bot. Sie entschied, dass ein langer, liebevoller Kuss langweilig genug wäre, ohne ihren Zorn dabei heraufzubeschwören. Sie betete nur, dass sie in der Lage wäre, ihre eigenen Instinkte zu kontrollieren.

Dummerweise hatte sie mit dem Küssen nicht viel Erfahrung. Ihr einziger Kuss bisher hatte mit Lutana stattgefunden. Die Meerfrau mit dem goldenen Schwanz mochte Männer und Frauen gleichermaßen.

Ebby hatte ihre Berührungen als lustvoll empfunden, aber nicht so erregend, dass sie um mehr gebeten hätte.

Die Hände des Mannes jedoch fühlten sich anders an, schwielig und so viel größer und mächtiger als die einer Meerfrau. Die Empfindungen, die er mit seinen Handflächen auslöste, ließ sie nach mehr gieren. Wie würden sich seine langen Finger anfühlen, wenn er damit tief zwischen ihre Schamlippen stieß?

Nein, Ebby, tadelte sie sich. *Nur ein Kuss, mehr nicht.*

Entschlossen legte sie ihre Hände auf seine Schultern und presste dann ihre Lippen unwiderruflich auf seine.

CRUZ HATTE EINMAL VERSUCHT, den unersättlichen Frauen zu entkommen – und hatte den Preis zahlen müssen: An seiner Hüfte hatte die Meerjungfrau mit den roten Fingernägeln ihre Krallen in ihn geschlagen und ihn wieder zu sich gezogen. Die Wunde brannte. Diese Frauen waren stark, stärker als Menschen, und zudem schnell. Sie verzehrten sich nicht nur nach Sex – sie wollten Blut.

Zu seiner Erleichterung schien sich der Rausch dem Ende zu nähern. Indessen war sein Gehirn mit der Frage beschäftigt, was nun passieren würde.

In dem Moment zog das Wesen mit dem roten Fischschwanz eine vierte Meerjungfrau aus dem Seetangwald. Ihre Haut war so blass, dass sie ein Geist hätte sein können. Um ihren Kopf wirbelten ihre feuerroten Haare in der Strömung und ihre apricotfarbenen Nippel bettelten auf ihren kleinen, aber hinreißenden Brüsten um Aufmerksamkeit. Zwar hatte sie Hüften, doch wo sie Beine haben sollte, erkannte er einen zu den Nippeln passenden, makellosen Fischschwanz. Wie auch bei ihren Artgenossen zeigte sich das Geschlecht an der Vorderseite, offen und bereit für ihn, eine Einladung.

Etwas an ihren pulsierenden Schamlippen war anders. Züchtiger. Als würde sie sich bedecken, wenn sie könnte.

Das Interesse der Meerjungfrauen wurde von der vierten Frau im Bunde wieder angefacht. Trotz seiner Erschöpfung reagierte sein Schaft. Während das Trio ihn ungezähmt und hungrig anstarrte, sah er in den Augen der blassen Schönheit … Angst? Auf jeden Fall zögerte sie. Sie wollte das nicht. Sie wurde von ihren Artgenossen wie ein Student auf seiner ersten Uniparty zu etwas gezwungen, was sie nicht wollte. Merkwürdigerweise erhob sich sein Beschützerinstinkt und er wollte sie vor den erfahrenen Verführerinnen beschützen.

Sie wurde in seine Arme geschubst. Die anderen Meerjungfrauen, oder wohl eher Meerfrauen, drängten sie. Seine Hände landeten auf ihrer Hüfte, auf ihrer Haut, so kühl und samtweich.

Unerwartet küsste sie ihn, presste ihre Lippen auf seine. Es handelte sich nicht um einen aggressiven, sondern um einen unerfahrenen und zögerlichen Kuss, ohne dass sie ihre Zunge ins Spiel brachte.

Es fühlte sich gezwungen an.

Oh, zur Hölle nochmal, nein! Er war kein Vergewaltiger. Diese Frauen hatten ihn bereits ohne seinen Willen genommen. Auf keinen Fall würde er sich jetzt als Instrument benutzen lassen, um eine Unschuldige zu verletzen.

Ihre Hände legten sich um seinen Nacken, ihre Nippel rieben über seine Brustbehaarung. Sein Schwanz zuckte, erhob Einwände gegen seinen Entschluss. Er krallte sich an ihren Hüften fest und atmete durch seine Nase, um die Kontrolle nicht zu verlieren.

An der Empfindung hielt er fest. Tief atmete er ein. Das hier war kein Traum, dennoch war es ihm möglich, unter Wasser zu atmen. Wie lange würde diese Fähigkeit anhalten? Was würde passieren, sobald die Meerfrauen verschwunden waren? Er blickte zur

Wasseroberfläche, schätzte ein, wie weit der Weg war und ob er es nach oben schaffen würde, ohne vorher zu ertrinken. Verdammt, er steckte wirklich in der Klemme – selbst wenn die Meerfrauen nicht entschieden, ihn nach dem Akt zu verspeisen.

Eine der drei brutalen Wesen schien zu sehen, dass seine Gedanken wanderten und sie kratzte ihm über seine Schultern.

Die Schönheit in seinen Armen zog ihn an sich, presste den Mund härter auf seinen, sein Schaft zwischen ihnen eingeklemmt. Er konnte sich des Eindrucks nicht verwehren, dass sie all das tat, um ihn zu beschützen, nicht um ihn zu verführen. Sie rieb sich nicht an ihm und ihre Nervosität war offensichtlich, denn sie bebte in seinen Armen, während beide von dem Trio umkreist wurden. Obwohl er ihr pulsierendes Geschlecht an seinem Bauch spürte, blieb ihr Mund bewegungslos unter seinen Lippen.

Er zog sie enger an sich und nahm aus den Augenwinkeln vorbeiziehende Schwanzflossen wahr. Jedes Mal, wenn eine der Meerfrauen ihn berührte, gegen seine Haut streifte, schüttelte es ihn. Wie sollte er – und diese apricotfarbene Schönheit – aus dieser Sache herauskommen?

Während er grübelte, packte eine von ihnen ein Bündel seiner Haare und riss seinen Kopf zurück. Die rote

Meerfrau sah ihm in die Augen, wandte sich ruckartig ab und zerrte ihn dann mit sich. Die anderen beiden folgten ihr. Seine Hände fielen von der unschuldigen Meerjungfrau, die ihm mit weitaufgerissenen Augen nachschaute.

Ebby brauchte einen Moment, um ihre Fassung zurückzugewinnen. Dann folgte auch sie Urokotoris blutroter Schwanzflosse. Sie wusste genau, was ihr Ziel war. Während die meisten Meerfrauen Fischschwärme oder Aale abrichteten, hatte sich Urokotori für einen Kraken entschieden, den sie in einer Höhle hielt. Die Meerfrauen genossen es, das Tier zu füttern, seine acht Arme zu beobachten und den Schnabel, der regelmäßig ein Opfer in Stücke riss – immer, wenn es noch am Leben war.

„Wartet!", schrie Ebby, als sie aus dem Algenwald und auf die Felswand zuschoss. Aus der Ferne erblickte sie einen riesigen, grauen Arm, der sich in die Höhle zurückzog.

In der Nähe des Eingangs schwebte Urokotori und schob sich mit einem zufriedenen Ausdruck ihre schwarzen Haare aus dem Gesicht. „Das wird ihn für eine Weile beschäftigen."

Kein Blut war zu sehen, dennoch war der Mensch verschwunden. Ein wütendes Krakenauge lugte hervor. Sicher hatte die Kreatur ihn nicht so schnell verschlingen können, oder? „Was hast du getan?"

Selachii streckte die Arme geschmeidig über den Kopf und erlaubte es einem Drückerfisch, sich ihr zu nähern, sein mächtiger Mund schnappend. „Ruf nach mir, wenn es Zeit zum Spielen wird. Ich werde ein Schönheitsschläfchen halten."

Winzige Bläschen lösten sich aus Urokotoris Mund und sie rollte die Augen. „Als würde das etwas bringen."

Lutana kicherte. Selachiis sommersprossiges Gesicht verdunkelte sich und ihre amethystblauen Haare schienen sich wie Seeschlangen auf ihre Schwester zu richten.

Ebby schwamm auf Abstand, sicher, dass es gleich ein Blutbad geben würde.

Urokotori entließ ein sanftes Trällern und griff nach ihrer Harfe. Ein grauer Arm schoss aus der Höhle. „Du willst dich nicht mit mir anlegen, Schwester."

Angriffslustig hob Selachii ihr Kinn, zog sich jedoch in den Algenwald zurück.

Mit einem schiefen Grinsen wandte sich Urokotori Ebby zu. „Timuri hat die Erlaubnis, den Menschen zu fressen, wenn er abhauen will. Denke nicht mal dran, ihn in meiner Abwesenheit zum Spielen herauszuholen."

Ebby musterte die Höhle und nickte. Sie wusste es besser, als sich mit dem Haustier einer Meerfrau anzulegen.

Ein Schlag ihrer Flosse und Urokotori verschwand nach oben, schwamm über den Felsen hinweg, um woanders Unheil anzurichten.

Lutana betrachtete Ebby, ihre goldenen Augen bösartig. „Wie frustrierend für dich." Sie wölbte ihren Rücken, kam näher und glitt mit einem Finger über Ebbys linke Brust, umkreiste ihren Nippel. „Ich kann dir behilflich sein, um ein wenig Druck abzulassen."

Ebby umfasste das Handgelenk der Meerfrau und unterband somit weitere Annäherungsversuche. Von allen Meerfrauen war Lutana die harmloseste. „Das ist nicht nötig."

Auf einem Felsvorsprung unter dem Höhleneingang krabbelte Kato unbemerkt über den Sand auf sie zu. Der Behausung des Kraken so nah zu kommen, war gefährlich und sie wünschte, ihr kleiner Freund wäre auf Abstand geblieben. Ebby ließ Lutanas Arm los und positionierte sich, um Kato zu blockieren, während er sich neben ihr einbuddelte. Noch hatte sie die Mission, den Menschenmann zu retten, nicht aufgegeben. Leider hatte sie keine Ahnung, was sie als Nächstes tun sollte.

„Einmal hat Urokotori einen Mann für einen Monat in der Höhle gelassen." Lutana drehte ihren Schwanz seitwärts und nahm gegenüber von ihr Platz. „Blöderweise hatte sie vergessen, seinen Atem zu erneuern."

„Oh." Es war schlimm genug, einen Mann zu benutzen, aber ihn auch noch einzusperren und ihn immer und immer wieder zu foltern, bis er ertrank? Einfach abscheulich.

„Menschenmänner sind erstaunlich, da sie mehrere Frauen gleichzeitig befriedigen können." Lutanas hübsche Lippen formten sich zu einem Schmollmund. „Nur leider sind sie furchtbar fragil."

Ebby starrte auf den dunklen Höhleneingang. „Wir müssen ihn rausholen."

„Auf keinen Fall lege ich mich mit Urokotori an." Lutana breitete ihre Schwanzflosse aus und wirbelte den Sand auf. „Du hast doch gesehen, was sie mit

Selachiis Meerfrauenschwanz angestellt hat, um an die Harfe zu kommen.“

Ebby erschauerte bei der Erinnerung. Das war ein brutaler Kampf gewesen. „Vielleicht kann ich ihr im Austausch etwas anbieten?“

Sie verbrachte nicht besonders viel Zeit mit anderen Meerfrauen, sodass sie nicht wusste, welche Schätze ihnen gefielen. Ihre Mutter hatte den Schmuck ihres Vaters stets gemocht. Sie spielte mit ihrem Schneckenhorn-Armband. Sie spielte mit ihrem Schneckenhorn-Armband. Ihr Vater hatte es vor ihrer Pubertät angefertigt – ein Glücksbringer, damit sie bei der Wahl ihres Geschlechts die richtige Entscheidung traf. Natürlich hatte er immer gehofft, dass sie zum Meermann werden wollte.

Als ihr schließlich Brüste gewachsen waren, war er so enttäuscht gewesen. Bei der Erinnerung an seinen geschockten Gesichtsausdruck schnürte sich ihr die Kehle zu.

Wie hypnotisiert folgte Lutana den Drehungen ihres Armbandes. „Was willst du anbieten?“

Plötzliches Unbehagen nahm von Ebby Besitz und sie zuckte mit den Achseln. „Um das Schiffswrack liegen einige Schätze vergraben.“

„Eklig." Lutana schreckte bei der Vorstellung zusammen. „Erwartest du, dass ich mit dir im Dreck wühle? Vergiss es. Und vergiss ihn. Er ist doch nur ein jämmerliches, kleines Menschlein." Mit geschmeidigen Bewegungen rollte sie sich auf den Rücken und stieß sich ab, ihr Ziel der Seetangwald. „Wenn du schon Interesse an einem Mann hast, dann such dir einen Meermann. Er kann zumindest ein Nest bieten."

Nachdem die glitzernde Schwanzflosse der Meerfrau aus dem Sichtfeld verschwunden war, erhob sich Ebby vom Sand. Es gab nur eine Person, die sie um Rat fragen konnte: Onkel Zantu. Ihm war es gelungen, Meerfrauen zu besiegen.

„Komm, Kato." Sie platzierte seinen krustigen Körper auf ihrer Schulter und er machte es sich in den Haaren in ihrem Nacken bequem, bereitete sich auf die Reise zum Ufer vor.

Mit einem letzten Blick auf die Höhle schwamm sie entschlossen an die Wasseroberfläche und betete, dass Onkel Zantu eine Idee hatte, wie sie den Menschenmann retten konnte, bevor ihm der Atem ausging.

CRUZ STARRTE auf den grau gefleckten Kraken, der ihm den Weg in die Freiheit versperrte. Seine vier Armpaare waren länger als sein eigentlicher Körper. Licht schaffte es nicht an ihm vorbei. War dies wirklich der einzige Ausgang? Warum hatten die Meerfrauen ihn hier gelassen? Er seufzte. Die Attraktion, mit Meerjungfrauen zu schwimmen, hatte er in der Broschüre des Partyboots wohl überlesen.

Mit einem Auge auf dem Kraken stieg er auf, die Arme nach oben ausgestreckt, auf der Suche nach der Decke. Er fand hartes Gestein unter seinen Fingerspitzen, die Kanten glatt vom Wasser. Hier und da ertastete er Sauerstofftaschen, direkt am Felsen. Wie lange er wohl noch über die Fähigkeit verfügte, unter Wasser zu atmen? Das Verschwinden der Meerfrauen schien nichts damit zu tun zu haben. Er wagte zu behaupten, vor einiger Zeit mal eine Geschichte gelesen zu haben, in der Meerjungfrauen mit der Gabe gesegnet waren, Menschen unter Wasser atmen zu lassen. Diese Beschreibung traf auf seine Verführerinnen voll ins Schwarze: vom Aussehen bis hin zu ihrer unersättlichen Sexualität.

Er tastete sich an der Höhlenwand entlang, bis er den sandigen Boden erreichte. Die Höhle war nicht klein, aber auch nicht riesig – ungefähr in der Größe eines Schlafzimmers. Er blinzelte und bemerkte, dass er sich langsam an die Dunkelheit gewöhnte. Sein Blick fiel auf die Wand, wo er türkisfarbene Handabdrücke erkannte. Wo auch immer er seine Hände auflegte, leuchtete die Wand.

Phytoplankton.

Gezielt rieb er die Finger über das Gestein, um die Höhle in einem Blaugrün erleuchten zu lassen. Er drehte sich um seine eigene Achse und sah sich um: Abgesehen von dem Ausgang, der von der Kreatur bewacht wurde, boten die Wände keinen anderen Fluchtweg. Der Sandboden war von leeren Krusten und Fischgräten bedeckt. Er nahm den Kraken ins Visier.

Jemand vom Boot musste mittlerweile bemerkt haben, dass er nicht wieder aufgetaucht war. Sicher würden sie Taucher auf die Suche nach ihm schicken! Würden sie aber auch auf die Idee kommen, ihn in dieser Höhle zu suchen? Er musste einen Weg finden, um auf sich aufmerksam zu machen. Widerstrebend näherte er sich dem einzigen Ausgang und betete, dass die Kreatur so viel Angst vor ihm hatte, wie er vor ihr.

Ein grauer Arm schoss auf ihn zu und traf sein Ziel.

Er krachte mit dem Rücken gegen die Felswand. Bläschen traten aus seinem Mund und seine Brust fühlte sich an, als wäre ein Feuer entflammt. Grünes Licht erhellte die Höhle – oder waren es die Sterne, die durch den Aufprall vor seinen Augen erschienen? Für einen kurzen Moment befürchtete er, dass er durch den Schlag seine Fähigkeit unter Wasser zu atmen verloren hatte. Dann erschauerte er und seine Lungen füllten sich. *Fuck, das hat wehgetan.*

Er fuhr mit den Fingerspitzen über die runden Abdrücke auf seiner Brust und funkelte wütend den pulsierenden Krakenkopf an. Die Kreatur musterte ihn aus intelligenten Augen. Könnte genauso gut sein, dass das Tier gerade kein Interesse an einem Snack hatte. Mitternachtssnacks waren ja bekanntlich das Beste. Schliefen Kraken? Cruz war sich nicht sicher, doch er wagte sich zu erinnern, dass sie bei Nacht jagten.

Mit dem Rücken an der Wand, die am weitesten vom Eingang entfernt lag, trat Cruz die Schalen von ausgelutschten Krustentieren weg und nahm auf dem Sandboden Platz. Die Strapazen in Verbindung mit den Meerfrauen hatten ihn ausgelaugt und er wusste nicht, wann sie zurückkehrten. Ob sie überhaupt zurückkehrten.

Zurzeit hoffte er nur, dass er nach Sonnenuntergang nicht zu einer Mahlzeit wurde.

4

Ebby hievte sich in der Nähe des Ufers auf einen Felsen und hob den Kopf zu der menschlichen Behausung auf dem Hügel. Das Mondlicht glitzerte auf den Wellen und verlieh den Felsen und den Baumspitzen ein gespenstisches Silber. Noch nie war sie mitten in der Nacht zu ihrem Onkel geschwommen. Die Finsternis machte sie nervös.

Mit ihrer Schwanzflosse in den Wellen nahm sie tief Luft und stimmte ein Lied an. Die Luft, die vom Ufer zu ihr wehte, roch in der Nacht fremd: blumig, nach Vegetation, mit einem Hauch von Verwesung.

Ihre Melodie, ein Ruf, breitete sich über die Wellen aus. Es handelte sich um eine Bitte, keine Forderung. Ebby sang niemals, solange es nicht absolut notwendig war.

Anderen ihren Willen aufzuzwingen, gefiel ihr nicht. Nicht, dass es ihr möglich wäre, Onkel Zantu zu irgendetwas zu zwingen. Seit er seine Gefährtin gefunden hatte, war er gegen den Gesang der Meerfrauen immun.

Schon bald erschien er auf dem Pfad, der vom Hügel zum Ufer führte, ein Mann mit breiten Schultern, begleitet von einer kleinen Person, die vorneweg rannte. „Ebby!"

Onkel Zantu rief: „Camilla, halt an!"

„Es ist Ebby, Daddy! Ich habe es dir doch gesagt!"

Ebby lächelte, als ihre Cousine einen Kopfsprung ins Wasser machte. Das Mädchen trug ein dünnes Nachthemd mit Rüschen am Saum, wodurch es einem Meerfrauenschwanz ähnelte. Wirklich verstand Ebby nicht, dass ein Kind ein festgelegtes Geschlecht haben konnte, aber Camilla war eindeutig weiblich. Dies war auch der Grund, warum ihr Vater sie in die Nähe des Wassers ließ. Menschenfrauen waren vor Meerfrauen tendenziell sicher.

Als sich Camilla auf den Felsen neben Ebby hob, streichelte sie der Kleinen über den Kopf. „Dein Papa hat recht. Ich hätte gefährlich sein können."

„Ich wusste doch aber, dass du es bist. Du hast eine wunderschöne Stimme."

Onkel Zantu stand am Ufer, die Wellen erreichten nicht seine Zehen. Mit den Händen in die Hüften gestemmt, fragte er: „Ist alles okay, Ebby?"

Er trug ein weites T-Shirt, seine Beine streckten sich unter knielangen Shorts hervor. Seine breiten Schultern und seine schmale Taille, so typisch für einen Meermann, waren nicht zu leugnen – genau wie seine durchdringenden silberfarbenen Augen, die im Mondlicht glitzerten. Seine Gefährtin Brianna erschien wie aus dem Nichts, duckte sich unter seinem rechten Arm hindurch und presste sich an ihn. Für Ebby war es immer noch merkwürdig, ihren Onkel mit Beinen zu sehen, doch sie verstand sehr gut, wie sich Brianna in ihn verlieben konnte.

„Habe ich euch aus dem Nest geholt?", fragte Ebby.

„Wir wollten Camilla gerade ins Bett bringen", antwortete Brianna grinsend, ihr Blick auf ihrer durchtränkten Tochter, die Kato auf dem Schoß hatte.

Eifersucht meldete sich bei Ebby. Ihre Mutter hatte sie nie so angesehen. Sie glitt ins Wasser zurück, nur ihr Kopf noch sichtbar. „Ich brauche deinen Rat, Onkel Zantu."

Ihr Onkel lief zu einem Felsen und lehnte sich dagegen. „Muss etwas Wichtiges sein, wenn du mich nach Sonnenuntergang aufsuchst. Erzähl mal."

Sie krallte sich an dem glitschigen Felsen fest, als sie den Dreien von dem Menschenmann, den Meerfrauen und dem Kraken in der Höhle erzählte. Mit jedem Satz ballte ihr Onkel die Hände stärker zu Fäusten.

Nachdem Ebby fertig war, trat Brianna ins Wasser, als würde sie schwimmen gehen wollen. „Du musst ihn retten!"

„Das will ich ja, aber ich weiß nicht, wie ich das anstellen soll", sagte Ebby. Ihr Blick landete hilfesuchend auf ihrem Onkel. „Ich dachte daran, Urokotori ein Tauschgeschäft anzubieten. Ein Schmuckstück aus Vaters Sammlung für den Menschen."

„Damit wäre ich vorsichtig." Zantu schüttelte den Kopf. „Wenn du ihn zu wertvoll erscheinen lässt, wird Urokotori ihn niemals gehen lassen."

„Was soll ich sonst machen?"

Zantu zuckte mit den Achseln und rieb sich das Kinn. „Warten, bis sie sich mit ihm langweilen."

Brianna funkelte ihren Ehemann wütend an. „Sie kann doch nicht einfach Däumchen drehen und darauf warten, dass sie ihn gehen lassen. Was passiert, wenn sein Atem-Zauber nachlässt?"

„Oder wenn Urokotori ihn aus Spaß tötet", fügte Ebby hinzu.

„Ich habe eine Idee!", erhob Camilla das Wort. „Kannst du nicht einen Hai in die Höhle schicken, um den Kraken loszuwerden? So habt Mami und du doch auch die bösen Meerfrauen besiegt, stimmt's?"

Seit diesem Tag mied Ebby Haie wie die Pest. „Meerfrauen können Haie nicht besonders gut kontrollieren."

Zantu stieß sich vom Felsen ab und lief ein Stück. „Die Grundidee ist jedoch nicht schlecht. Warum kommandierst du nicht einen Fischschwarm, sich vor der Höhle zu positionieren? Auf diese Weise lockst du den Kraken vielleicht lange genug heraus, um den Menschenmann befreien zu können."

Ebby sog die wohlriechende Nachtluft tief ein und versuchte so, ihre Gedanken zu ordnen. „Es gefällt mir nicht, andere herumzukommandieren, nur weil ich eine Meerfrau bin. Ich will nicht wie meine Artgenossen sein."

„Glaube mir, das bist du nicht", sagten Zantu und Brianna im gleichen Atemzug.

„Oh, ihr habt schon wieder das Gleiche gesagt!" Camilla klatschte fröhlich in die Hände. „Jetzt schuldet ihr mir eine Cola!"

Ihre Eltern lachten und Zantu legte den Arm um seine Frau, um sie enger an sich zu ziehen.

Ebby tauchte unter und rieb sich mit den Händen über ihr Gesicht. Wie wäre ihr Leben verlaufen, wenn sie in einer Familie wie dieser aufgewachsen wäre? *Ich wünschte, ich könnte mit meinem Vater reden.* Aber ihr Vater war verschwunden, wahrscheinlich tot. Die meisten Meermänner starben an einem gebrochenen Herzen, nachdem ihre Gefährten und ihr Nachwuchs sie verlassen hatten. Ihre Kehle schnürte sich zu. Sie durchbrach wieder die Wasseroberfläche und sagte: „Ich bezweifle, dass Timuri seinen Posten verlassen wird. Er wartet auf die Gelegenheit, den Gefangenen verspeisen zu können." Kato quietschte und rollte sich zu einem Ball zusammen. Dann kam Ebby ein weiterer Gedanke: „Und was ist mit dem armen Mann? Er könnte ertrinken oder verhungern, bevor Urokotori die Langeweile packt."

„Dann solltest du ihn besser füttern", schlug Zantu vor.

Was würde der Mensch tun, wenn Ebby ihm etwas zum Essen brachte? Kontrollieren konnte sie den Kraken nicht, aber sie könnte ihn besänftigen und sich auf diese Weise an ihm vorbeischleichen.

Camilla sprang vom Felsen. Das Platschen weckte Ebbys Aufmerksamkeit und schickte Kato in die tosende See. Das Mädchen erschien vor ihr, ihre kurzen Beine wild strampelnd. „Kato und ich können Seegras für dich sammeln."

„Danke, Camilla." Ebby eskortierte sie zurück ans Ufer. „Aber ich denke, das bekomme ich hin."

Zantu hob seine Tochter aus dem Wasser. „Es ist zu dunkel für kleine Würmchen wie dich."

„Na komm, kleines Würmchen." Brianne nahm Camilla in die Arme, positionierte sie auf ihrer Hüfte. „Es ist spät; du gehörst ins Bettchen. Ebby und Daddy haben einiges zu besprechen."

„Aber ich will bleiben."

„Deine Cousine wird dich bald wieder besuchen kommen." Zantu küsste seine Tochter auf den Kopf, gefolgt von einem Kuss auf die Lippen seiner Frau, bevor er sich seiner Nichte zuwandte. „Am Tag, richtig, Ebby?"

„Natürlich." Schon vor ihrer Geschlechterwahl war Ebby immer wieder zu Besuch in die Bucht gekommen. Sie war sich sicher gewesen, dass ihr Onkel wie auch ihr Vater sie verstoßen würden, zu groß war die Panik vor der Boshaftigkeit der Meerfrauen. Aber nein, das hatte Onkel Zantu nicht getan. Allerdings war er vorsichtiger geworden, wenn es um Ebbys Umgang mit Camilla ging. Sie sah ihm an, dass er sich entspannte, als seine kleine Familie den dunklen Pfad hinaufstieg.

Sie lehnte sich an den Felsen, der aus dem Wasser ragte, ihre Schwanzflosse strich über den sandigen Boden. Sie könnte den Menschenmann füttern und ihn dadurch am Leben halten. Aber was sollte sie in Bezug auf den Atem-Zauber machen? Die Dauer dieses Zaubers konnte zwischen einigen Stunden und Wochen anhalten, abhängig von seiner Aktivität bis hin zu der Wassertiefe, in der er verweilte. Nur für den Fall sollte sie stets in seiner Nähe bleiben. Im Notfall müsste sie ihn küssen. „Der Gedanke, den Atem-Zauber erneuern zu müssen, macht mir Angst.“

„Warum?“ Noch immer bekleidet trat Zantu in die Wellen, bis das Wasser seine Brust erreichte. Er hatte mal zu ihr gesagt, dass er seinen Meermannschwanz nicht vermisste, dennoch liebte er das Meer. Es war seine Heimat.

„Was ist, wenn ich … die Kontrolle verliere?“ Die Erinnerung an den Mann und wie er die drei Meerfrauen befriedigt hatte, sandte einen Lustschauer durch ihren Leib. Dann dachte sie an seine Hand auf ihrer Hüfte, wie er sie berührt und gehalten hatte. An die berauschende Hitze seiner Erektion an ihrem Bauch.

„Ich glaube nicht, dass du, nur weil du Brüste hast, gewalttätig sein musst." Zantu blickte zum Mond. „Wir können selbst entscheiden, wie wir handeln. Ich denke, wenn du deiner Natur als Meerfrau wirklich Herr werden willst, dann wird es dir auch gelingen."

„Wie soll jemand gegen seine Natur ankommen? Ist das nicht unmöglich?"

Zantu senkte sein Kinn ins Wasser, seine silbernen Augen funkelten, als er sie anschaute. Dann erhob er sich, seine Menschenkleidung klebte an seinem definierten Körper. Er war ihr Onkel, dennoch konnte sie zugeben, dass er ein ansehnlicher Mann war. Wer das nicht bemerkte, war ein Vollidiot.

Sie errötete und richtete ihren Blick gezielt zum Himmel.

Er entließ einen befriedigten Laut und schwamm zurück ans Ufer. „Seit zwei Jahren besuchst du mich und nicht einmal hat deine … Natur zu einem Problem geführt." Auf einer Sandbank hielt er an und sah über seine Schulter. „Die meisten Meerfrauen verwenden ihre Natur als Ausrede, um zu tun, nach was ihnen der Kopf steht. Auf diese Weise müssen sie sich später nicht mit ihrem Gewissen auseinandersetzen. So bist du nicht. Ich habe Vertrauen in dich." Er lief über das Ufer und sprach laut genug, sodass sie ihn über die rauschenden Wellen hinweg hören konnte: „Jetzt

schwimm und gib alles, um den Menschen zu retten.
Und dich selbst."

Ebby wollte ihn fragen, was er damit meinte, aber er
war bereits verschwunden.

5

Der Autogurt bohrte sich in Cruz' Kinderbrust. Der Airbag nagelte ihn fest, raubte ihm den Atem. Metall knirschte und Glas klirrte. Der Schrei seiner Mutter …

Dann wachte er auf.

Die vertraute Panik, die seine Träume heimsuchte, seit er sieben Jahre alt war, wurde durch Orientierungslosigkeit einer anderen Art ersetzt. Seine Arme und Beine fanden in der Dunkelheit keinen festen Boden. *Wo zur Hölle bin ich?* Sein Herz raste, als die Erinnerung zurückkehrte: die Höhle. Die Orgie. Die Meerfrauen … War das alles wirklich passiert?

Er atmete tief ein. Wasser, überall. Ja, er befand sich noch in der Höhle. Demnach mussten auch die

Meerfrauen echt sein. Er stellte seine nackten Füße auf den sandigen Untergrund und suchte nach einem Spalt Licht vom Eingang, um sich zu orientieren. Dann schwebte er nach oben, berührte die Decke. Das Phytoplankton erleuchtete.

In der Hoffnung, dass der Krake vielleicht seine Stellung aufgegeben hatte, bewegte er sich auf den Ausgang zu.

Die Kreatur mit den acht Armen lauerte an der Öffnung, seine gefleckte Haut angepasst an die Farbe des Gesteins. Die Kiemen flatterten rhythmisch im Wasser, während sich ein riesiges Auge in Cruz' Richtung drehte.

Da er es dieses Mal besser wusste, stoppte er, um nicht wieder einen Schlag einkassieren zu müssen. Wenn er lebend aus dieser Sache herauskam, würden seine Albträume um den Autounfall Gesellschaft bekommen.

Ein Schatten blockierte das Licht. Einmal. Zweimal. Cruz schluckte schwer und wunderte sich, was ihm nun bevorstand. Er tastete den Boden nach einer Waffe ab. Was er fand, war alles zu klein, um ihm in einem Kampf von Nutzen zu sein.

Der Krake rollte sich zusammen, seine Farbe verwandelte sich von Grau in ein dunkles Rot. Cruz erstarrte, ziemlich sicher, dass ein Angriff folgen würde. Stattdessen rückte die Kreatur zur Seite und eine Meerfrau schwamm herein.

Es fühlte sich an, als würde sich der Druck des Wassers auf seine Brust verstärken und Cruz zwang sich, tief einzuatmen, sich seiner Nacktheit extrem bewusst. Was würde sie von ihm erwarten?

Die Höhlenwände leuchteten gleichzeitig auf und tauchten alles in ein grünes Licht. Es war die Meerjungfrau mit dem apricotfarbenen Fischschwanz. Sie schwebte nicht weit von ihm, in der Hand eine große Muschel.

Sie näherte sich, musterte ihn mit weit aufgerissenen Augen. Er nutzte den Moment, um sie zu betrachten. Schließlich wurde er nun nicht von einer brutalen Orgie abgelenkt. Straffe Brüste mit dunklen Nippeln akzentuierten ihre schlanke Figur. Sie trug keine Klamotten, jedoch sah er um ihr Handgelenk ein Armband und etwas, das wie ein Knochen aussah, bohrte sich durch ein Ohrläppchen. Ihre anmutige Schwanzflosse erinnerte ihn an Kleider von Frauen, vom Wind zum Tanz aufgefordert. Seine Augen glitten tiefer, zu der Stelle, an der ihr Geschlecht sein müsste. Heute fand er lediglich einen diskreten Schlitz in ihrem schuppenlosen, apricotfarbenen Schwanz.

Als wäre ihr seine Prüfung unangenehm, streckte sie ihm ruckartig die Muschel entgegen.

Er hatte noch nie den Reiz für rohe Meeresfrüchte verstanden, doch es wäre sicher unhöflich, ein Geschenk auszuschlagen. Es könnte als Beleidigung gesehen werden. Wenn er hier rauskommen wollte, musste er gewissenhaft vorgehen. Mit ausgestreckter Hand näherte er sich ihr schwerfällig.

Panisch zuckte sie zurück und ließ die Muschel fallen, bevor er sie an sich nehmen konnte. Sie schwebte zu Boden, die beiden Hälften teilten sich. Seegras fiel heraus und wirbelte langsam nach unten.

Er blinzelte verwirrt. Warum hatte sie ihm eine Muschel gefüllt mit Seegras gebracht?

Sie blickte auf den verschütteten Inhalt, dann zu ihm. Mit angespannten Gesichtszügen sank sie auf den Höhlenboden und sammelte alles ein.

Okay, das Seegras schien ihr wichtig zu sein. Er tat es ihr gleich, kniete sich hin und half ihr beim Aufsammeln, legte die Halme in die Muschel. Danach bot sie ihm die Muschel wieder an, dieses Mal geöffnet, wodurch sie wie ein Teller erschien.

Ratlos schüttelte er den Kopf und kommunizierte mit den Händen: „Was soll ich damit machen?" Er war es gewohnt, die Gebärdensprache zu benutzen – ob die Leute um ihn herum ihn nun verstanden oder nicht.

Ein unsicheres Lächeln zeigte sich auf ihren Lippen. Zwischen ihren wilden, roten Locken erschienen zwei Antennen, gefolgt von einem aliengleichen Gesicht, das zu einem Fangschreckenkrebs gehörte. Die Antennen wackelten und Cruz konnte schwören, dass die Kreatur ihn direkt anstarrte. Die Meerfrau nahm Seegras vom Muschelteller und schob es sich in den Mund, kaute und schluckte. Anschließend streckte sie die Muschel wieder in seine Richtung.

Sollte er das Grünzeug essen? *Kann auch nicht schlimmer sein als rohe Meeresfrüchte.* Er wählte einen Halm, steckte ihn sich in den Mund und kaute. Eigentlich war er kein großer Salatfreund, aber das Seegras schmeckte okay – salzig, frisch und … na ja, etwas gummiartig.

Die Meerjungfrau strahlte ihn nickend an und bewegte sich zum Ausgang.

Er packte ihr Handgelenk und kommunizierte: „Bleib. Bitte.“

Die Meerjungfrau erstarrte und riss ihre Augen weit auf. Sie öffnete den Mund, ihre Kehle bebte mit Worten, die er nicht hörte. Interessanterweise konnte er die Vibrationen durch die körperliche Verbindung spüren. Er konnte es sich nicht erklären, doch dadurch regte sich etwas in ihm. Er schüttelte das Gefühl ab. Gerade hatte er wirklich andere Probleme.

Auf keinen Fall würde er sie loslassen; sie war seine einzige Hoffnung, an diesem Ungeheuer vorbeizukommen.

Das grüne Licht in der Höhle flackerte als Antwort auf ihren Gesang. Es erinnerte ihn an seinen ersten Besuch auf einem Rockkonzert, auf das Jake ihn mitgenommen hatte. Dort hatte er erkannt, dass er den Beat fühlen konnte, obwohl er die Musik nicht hörte. Seither war er ein großer Fan von Rockkonzerten.

Sie schloss den Mund und starrte auf die Stelle, wo er sie festhielt, dann zu seinem Gesicht.

Cruz wies auf sich selbst, anschließend auf den Ausgang. „Kann ich gehen?"

Die sanft geschwungenen Augenbrauen der Schönheit zogen sich zusammen. Sie neigte den Kopf und bewegte erneut ihre Lippen.

Er tippte sich gegen sein Ohr und formte mit der Hand: „Ich bin taub."

Sie blinzelte, ihre Augen folgten seinen Bewegungen. Hoffungsvoll wies er auf den Ausgang.

Ihre Züge sprachen von Reue und sie schüttelte den Kopf. Sie wies auf den Kraken, dann auf ihn und machte eine Schnappbewegung mit der Hand.

Okay, das verstand er. Der Krake würde ihn nicht gehen lassen. Aber sie schien eine gewisse Kontrolle über die Kreatur zu haben. Warum konnte sie dem Tier nicht befehlen, ihn vorbeizulassen? Er machte das Zeichen für Krake, deutete auf sie und formte dann das Zeichen für Schwimmen. „Kannst du mir helfen?"

Sie lächelte, wodurch ihre scharfen Zähne zum Vorschein kamen. Der Anblick war alarmierend, doch ihr Lächeln war nicht boshaft. Sie wies auf sich, auf den Höhleneingang und nickte. Dann zeigte sie auf ihn und schüttelte den Kopf.

Sie also kam an der Kreatur vorbei – er nicht.

Die Gebärdensprache stellte offenbar kein großes Hindernis dar, sodass er die Frage wagte: „Warum nicht?"

Ihre einzige Antwort darauf war, wieder den Kopf zu schütteln. War es möglich, dass es mit den anderen Meerfrauen zu tun hatte? Woran auch immer es lag, sie würde – konnte – ihm nicht helfen. Jedenfalls noch nicht. Sie riss sich aus seinem Griff und ging, wie es schien, widerwillig auf Abstand.

Er hatte gehört, dass es bei Gefangenschaft nützlich war, sich mit dem Entführer anzufreunden. Galt das auch bei mythischen Kreaturen? *Heiße, mythische Kreatur.* Jake würde ihn wahrscheinlich dazu drängen, sich ihren Namen und ihre Handynummer zu besorgen. Vielleicht sollte er sie nicht wie seine Gefängniswache behandeln, sondern wie eine … Frau.

Nachdem er auf seine Brust gezeigt hatte, folgte er mit seinem Spitznamen in Gebärdensprache: Er formte seine Hände zu einer Schüssel und fuhr damit wie bei einem Cruise-Schiff durchs Wasser. Sich selbst Cruise zu nennen, war einfacher, als den Namen Cruz mit den Händen zu buchstabieren. Zumal es oftmals zu einem Lacher führte.

Wie erstarrt beobachtete sie seine Ausführung.

Er wiederholte die Bewegung ein paar Mal und zeigte dann auf sie. „Dein Name?"

Ihre Mimik sprach von Verständnis. Sie dachte kurz nach und bewegte ihre Hände, um Ebbe darzustellen. Bezaubernd. Das gefiel ihm. Er war einfach nur froh, ihr einen Namen geben zu können. Es fühlte sich persönlicher an. Er wiederholte ihre Bewegung und kommunizierte dann: „Es freut mich, dich kennenzulernen, Ebby."

Errötete sie? Sein Herz machte einen Salto. Er musste sie davon überzeugen, ihm hier rauszuhelfen, bevor ihre Freundinnen zurückkamen. Diese Meerfrauen waren schnell heiß geworden. Würde auch bei dieser

Schönheit körperlicher Kontakt helfen, um seine Freiheit schnellstmöglich zurückzugewinnen?

Er näherte sich ihr, leckte sich über die Lippen, strich mit den Fingerspitzen über ihren Arm.

Die Augen der Meerfrau weiteten sich. Ruckartig wirbelte sie herum und flüchtete aus der Höhle, ließ nur aufgewirbelten Sand zurück. Und ihn.

6

Ebby schwamm so schnell, wie ihre Flossen sie trugen, vorbei an Timuri und direkt in den Algenwald. Cruz war gegen ihr Lied immun, jedoch hatte sie gegen ihre eigene Begierde keine Chance. Wie er sich über die Lippen geleckt, sich auf sie zubewegt hatte … *Heilige Abgründe*, sofort war ihr heiß geworden, ihre Nippel kribbelten, in ihrem Bauch flatterte es und tiefer, oh, tiefer …

Außerdem war er charmant, sprach mit seinen Händen zu ihr. Meerfrauenmagie verlieh ihr ein großes Verständnis für Sprachen, wenn auch nicht unmittelbar. Sie würde mehr als eine Interaktion brauchen, um in dieser neuen Kommunikationsart fließend zu sprechen. In der Zwischenzeit würde sie es genießen, den Menschen besser kennenzulernen.

Sie schüttelte den Kopf und beschleunigte, schlängelte sich durch die schwebenden Fächer hindurch, als wäre ihr ein Killerwal auf der Spur. Die Nähe des Menschenmannes zu suchen, könnte für beide gefährlich werden.

Nach einigen Runden durch die Strömung hielt sie an, das Blut rauschte in ihren Ohren. Kato wagte sich aus ihren Haaren hervor und machte einen sanften Ticklaut, rieb mit einer Antenne über ihre Wange. „Danke, Kato. Es geht mir gut."

Was hatte dieser Mensch nur an sich, dass sie sofort in Panik geriet, wenn er sie berührte? Bisher hatte sie kein anderer Mann, dem sie versucht hatte, zur Hilfe zu eilen, derart beeinflusst. Er bewegte sich mit einer Anmut, die ihr neu war. Sinnlich und erotisch. Sie erinnerte sich daran, wie er die Meerfrauen befriedigt hatte und ihr Geschlecht zuckte. Zum ersten Mal konnte sie nachvollziehen, warum ihre Schwestern die Menschenmänner benutzten. Es war schwer, einen normalen Gedanken zu formen, wenn ihr Geschlecht nach Erlösung bettelte.

Sie fuhr mit einer Hand von ihrer Brust zu ihrem Bauch, als könnte diese Berührung die körperlichen Empfindungen kontrollieren, die sie zu überwältigen suchten. Wenn sie sich nicht bald fing, würde der Mensch sterben. Sicher, es wäre nicht ihre Schuld, jedoch gab es so viele Gefahren, die er sich derzeit aussetzte. Die Menschen waren für ein Leben unter Wasser nicht geschaffen.

„Wenn wir uns nur Timuri entledigen könnten", sagte sie gedankenverloren.

Kato streckte eine Schere aus und zog an ihrem Ohrring. Dabei handelte es sich um ein Geschenk von Lutana. Ebby hatte es bekommen, als sie das erste Mal den anderen Meerfrauen vorgestellt worden war. Das Schmuckstück war eigentlich ein Pfeil, der das Gift einer Seeschlange innehatte. „Jede Meerfrau braucht einen Plan B", hatte Lutana zu ihr gesagt.

Das Haustier einer Meerfrau zu töten, galt jedoch als tabu und das würde Ebbys Todesurteil bedeuten. Sie machte den Ohrring ab und starrte auf das Schmuckstück. „Du weißt, dass wir das nicht tun können."

Der Fangschreckenkrebs seufzte enttäuscht und sackte auf ihrer Schulter zusammen.

Ein Garibaldi-Fischschwarm schoss an ihnen vorbei und erregte ihre Aufmerksamkeit. Sie folgte der abgehackten Choreographie, lauschte dem Zwitschern, mit dem sie sich unterhielten. In dem Moment dachte sie an Onkel Zantus Vorschlag. Nur weil sie einen Schwarm an Timuri vorbeilenkte, bedeutete das nicht, dass sie alle ihr Ende finden würden, richtig? Der Schwarm wäre aber vielleicht in der Lage, ihn lange genug von seinem Posten wegzulocken, um Cruz zu befreien. „Denkst du, sie kommen gegen Timuri an?"

Kato schnurrte und vergrub sich am Nacken in ihren Haaren, bereit für die Rückkehr zur Höhle.

Ebby seufzte und nickte, denn sie hatte einfach keine anderen Ideen. Nach einer Runde um die Felswand mit den palmengroßen Korallen, kehrte sie zu den Fischen zurück und führte sie zur Höhle.

Am Algenwaldrand zögerte der Schwarm. Sie wollten ihr sicheres Versteck nicht verlassen, denn nicht weit entfernt lauerte Timuri am Höhleneingang, seine Haut verschmolz regelrecht mit der Felswand. Seefächer und Korallen gaben dem Gestein ein einzigartiges Muster. Trotz allem wussten die Unterwasserbewohner, dass es nicht klug wäre, sich der Höhle und damit den vier Armpaaren des Kraken zu nähern. Ebby schluckte schwer, als sie erkannte, dass sie die Fische zwingen musste, diese Richtung einzuschlagen. *Es ist ein Notfall.* Dennoch empfand sie es als unfair, ihre Magie an diesen unschuldigen Kreaturen anzuwenden.

Etwas Rotes erregte ihre Aufmerksamkeit und sie duckte sich in den Wald zurück. Gerade rechtzeitig, denn Urokotori näherte sich von oben ihrem abgerichteten Haustier.

Die rotschwänzige Meerfrau drehte Saltos, schüttelte ihre Haare und entließ eine kommandierende Melodie. Urokotori hatte keine Bedenken damit, ihre magischen Kräfte an anderen Wesen zu benutzen.

Der riesige Krake gab den Weg frei, seine acht Arme wedelnd, sein Schnabel klickend. Kato bebte verängstigt in ihrem Nacken.

Urokotori sang, die Noten wandelten sich von befehlend zu verführend.

Nach wenigen Momenten erschien Cruz' sonnengebräuntes Gesicht. Unbeweglich beobachtete er Urokotori, die sich sinnlich zu ihrem eigenen Lied bewegte, ihre roten Flossen ein Anzeichen ihrer lustvollen Natur. War er wirklich immun? Das Lied war hypnotisch. Beinahe stark genug, um auch Ebby einzufangen. Sie packte einen glitschigen Seetangstängel und kämpfte gegen die Empfindung an.

Der Mensch blieb im Eingangsbereich, die Meerfrau musternd. Ebby verstand noch immer nicht, wie das möglich war, aber es war offensichtlich, dass Urokotoris Gesang keine Wirkung auf ihn hatte.

Auch die rote Meerfrau schien zu merken, dass etwas nicht stimmte. Ebbys Magen drehte sich. Wenn sie herausfand, dass Cruz immun war, würde sie ihn sofort töten.

Ebby schoss nach vorne und umkreiste Urokotori, um sie abzulenken. „Ich habe auf dich gewartet", sagte sie lebhaft.

Die schwarzen Augenbrauen der anderen Meerfrau zogen sich zusammen und sie spitzte ihre roten Lippen. „Du bist noch hier? Geh weg. Du hattest deine Chance."

„Du meintest, du würdest ihn mit mir teilen. Dass ich zurückkommen sollte, wenn ich spielen will." Ebby hielt an, blockierte das Sichtfeld ihrer älteren Schwester auf den Höhleneingang. Cruz wäre nicht schnell genug, um schwimmend zu fliehen. Momentan hatte Ebby nur ein Ziel: Sie wollte verhindern, dass Urokotori herausfand, dass ihr Lied keinen Einfluss auf ihn hatte. Sie sah über ihre Schulter auf die Höhle, entließ eine bebende Note der Verführung und wies ihn an, näherzukommen. Bisher hatte sie dieses Lied noch nie gesungen und jede Zelle in ihr lehnte sich dagegen auf. *Er ist immun. Es wird ihn nicht stören,* erinnerte sie sich.

Misstrauisch wechselte sein Blick zwischen ihr und Urokotori, bevor er einen Schritt in die Strömung nahm.

Urokotori schubste Ebby gegen eine Koralle. Die raue Kante schnitt in Ebbys Hand und Blut füllte das Wasser. *Großartig.* Jedes Raubtier in der Nähe würde nun auftauchen.

Timuri spannte alle acht Arme an und klapperte mit dem Schnabel.

Ebby ging etwas auf Abstand. „Wann hast du dein Haustier das letzte Mal gefüttert?"

Urokotori zuckte mit den Achseln und zeigte auf Cruz, der ein paar Meter abgetrieben war. „Er wird nicht mehr lange auf eine Mahlzeit warten müssen."

Der Krake musste ihre Worte als Einladung gesehen haben, denn ein Arm schoss nach vorn und wickelte sich um Cruz' Knöchel.

Instinktiv entließ Ebby einen schrillen, kommandierenden Ton. Zu ihrer Überraschung stoppte die Kreatur. Kontrolle über die Handlungen eines fremden Haustieres zu nehmen, war nicht nur schwierig, sondern auch verboten.

„Was erlaubst du dir!" Urokotori schien an Größe zu gewinnen, ihre Haare bewegten sich auf ihrem Kopf wie Seeschlangen.

Ebby blieb standhaft. „Wenn du den Menschen tötest, dann sei wenigstens barmherzig und tu es schnell. Das hat er sich nun wirklich verdient." Offensichtlich wollte sie Cruz nicht sterben sehen, aber ein schneller Tod wäre besser, als bei lebendigem Leib gefressen zu werden.

Urokotori fauchte, ihre Zähne schärfer als in Ebbys Erinnerung. „Oh, Ebby, sieht ganz so aus, als würdest du ihn mögen. Hast du ohne mich mit meinem Spielzeug gespielt?"

Ebby leckte sich über die Lippen, ihr Herz pochte schmerzhaft gegen ihren Brustkorb. Onkel Zantu hatte sie gewarnt, Urokotori nicht über ihre wahren Gefühle gegenüber dem Menschenmann aufzuklären. Wurde Cruz jedoch als wertlos angesehen, würde er sofort als Krakenfutter enden. Was hatte sie schon für eine Wahl? Sie entfernte das Armband von ihrem Handgelenk. „Lass ihn leben und es gehört dir."

Urokotori streckte die Hand nach dem Muschelarmband aus.

Ebby zog es außer Reichweite. „Versprich es mir."

Die Augen der anderen Meerfrau verengten sich, ihre blutroten Lippen verzogen sich zu einem boshaften Grinsen. „Einen Tag mehr kannst du dir mit dem Schmuckstück erkaufen. Morgen gehört er Timuri. Es sei denn, du bringst mir ein weiteres Geschenk."

Sie reichte das Armband Urokotori. „Mal sehen", antwortete Ebby und gab alles, um ein zufriedenes Grinsen zurückzuhalten. Hätte sie geahnt, wie einfach die Sache werden würde, dann hätte sie ihr Armband viel eher angeboten. Ihr Vater, das wusste sie, hätte dasselbe getan. Schon Morgen wäre Cruz wieder an Land und damit in Sicherheit. Sie wedelte gleichgültig mit der Hand. „Wenn er mich zufriedenstellt, bringe ich dir weitere Schätze."

Urokotori lachte, schob das Armband über ihre Hand und verschränkte die Arme. Sie musterte Cruz lüstern. „Na ja, auch ich bin für eine zweite Runde zurückgekommen. Ich denke, er hat es sich verdient, dein Erster zu sein. Timuri, zurück in die Höhle mit ihm."

Ebby erstarrte. „Du meintest doch, dass er jetzt mir gehört."

Urokotori zog eine Augenbraue hoch. „Nein, ich meinte, dass er einen weiteren Tag leben darf. Das Wo kam dabei nicht zur Sprache."

„Dafür habe ich nicht mein Armband –"

Wieder schien die rote Meerfrau an Größe zu gewinnen, ihre übermächtige Kraft war förmlich greifbar. „Genau dafür hast du es eingetauscht. Wenn dir das nicht passt, komme nicht zurück."

Ebby konnte nur zusehen, wie sich der Krake erneut am Höhleneingang positionierte.

Mit Katos Scheren, die sich in ihren Nacken bohrten, schwebte Ebby vor der Höhle, zu wütend und verwirrt, um reinzuschwimmen. Urokotori hatte sie ausgetrickst und sie um ihr Armband gebracht.

„Du kannst reinschwimmen, Süße", sang die Meerfrau. „Viel Platz ist nicht, aber ich bin mir sicher, es wird reichen."

Während die rotschwänzige Meerfrau einen Garibaldischwarm herbeirief, fantasierte Ebby, die Harfe ihrer Mutter zu benutzen. Es würde nicht viel brauchen, um jedes Raubtier in der Nähe mit einer Melodie anzulocken und die selbstsichere Meerfrau und ihr Haustier in Stücke zu reißen. Nicht, dass sie jemals gelernt hatte, wie man das Instrument spielte. Stattdessen lag es schon seit einer halben Ewigkeit in der Truhe mit Vaters Schätzen, in der Hoffnung gesammelt, eine mögliche Gefährtin zu beeindrucken.

Zumindest fütterte Urokotori ihr Haustier, klatschte aufgeregt in die Hände, als sich der Krake einen orangenen Fisch aus der Strömung schnappte und ihn mithilfe seines Schnabels entzweiriss.

Ebby erschauerte. Es wäre unmöglich, einen gefütterten Timuri wegzulocken. Und Urokotori würde wahrscheinlich bei Sonnenaufgang den nächsten Schatz verlangen. Bis Ebby ein besserer Plan einfiel, musste sie bezahlen.

Sie drehte herum und raste in den Algenwald. Der Stand der Sonne verriet ihr, dass die Nacht bevorstand. Schlängelnd bewegte sie sich durch den Wald, um sicherzustellen, dass ihr niemand folgte. Meerfrauen bauten keine Nester, jedoch versuchte sie, das von ihrem Vater zu pflegen, zusammen mit seiner Schatzkiste. Im dumpfen Licht schob sie Seefächer beiseite und kämpfte sich an dicht gewachsenen Stängeln vorbei, um auf die Lichtung zu gelangen.

Kato ließ sofort von ihr ab, machte sich mit seinen Scheren an die Arbeit und schnitt die Seeschwämme, die einst als Ruhelager für ihren Vater gedient hatten. Eine graue Schicht bedeckte die gesamte Lichtung, und auch den großen Spiegel, den ihr Vater durch Steine an Ort und Stelle fixierte. Bald müsste sie zurückkommen und ein wenig aufräumen, sonst gäbe es bald kein Nest mehr, zu dem sie zurückkehren konnte.

Sie hob die kleine Truhe vom Boden und stellte sie auf den Felsen zwischen den Sitzmöglichkeiten. Dann öffnete sie den Deckel. Jedenfalls hatte sie das vor, doch der Deckel wehrte sich. Die Sonnenstrahlen waren nicht mehr stark genug, um den Meeresgrund zu erreichen, dennoch begutachtete sie die Scharniere.

Rost und Seepocken hatten die Truhe in Mitleidenschaft gezogen.

Ebby machte es sich auf den Schwämmen bequem und hob den Blick zu dem violett leuchtenden Wasser über ihr. „Wie soll ich Urokotori mehr Schätze bringen, wenn ich nicht mal diese Kiste aufbekomme?"

Kato wischte mit seinem fächerförmigen Schwanz den grauen Sand vom Tisch, glücklich darüber, etwas zu tun zu haben.

Ebby seufzte. Würde Cruz wissen, wie man diese Truhe öffnete? Allerdings wollte sie die Kiste nicht durch den Ozean schleppen. Wenn Urokotori sah, wie viele Schmuckstücke sie hatte, würde sie den Preis erhöhen. Zudem befand sich darin die Harfe ihrer Mutter. Sie musste die Kiste aufbekommen. Nur so hätte sie Urokotori etwas anzubieten.

So wie sie Urokotori kannte, würde sie wahrscheinlich sagen, dass ihre Abmachung bei Sonnenaufgang aufgefrischt werden musste. Und so klemmte sie sich die Kiste unter den Arm und sagte zu Kato: „Kommst du?"

Der Fangschreckenkrebs seufzte dramatisch, wischte ein letztes Mal über den Tisch und kam schließlich zu ihr. Ebby raste zur Höhle zurück, wich einem Schwarm aus Mönchsfischen aus, die stets nachts jagten und sandte immer wieder eine Schallwarnung aus, um größere Raubtiere in der Nähe auf Abstand zu halten.

Als sie bei der Höhle ankam, war die Nacht vollkommen über die Unterwasserwelt eingebrochen. Wo war Urokotori? Eine schnelle Schallanfrage zeigte nur Wasser. Ein schmerzhafter Knoten bildete sich in Ebbys Magen. Die andere Meerfrau hatte nur versprochen, dass er einen weiteren Tag bekäme, nicht aber, dass sie ihn in Ruhe lassen würde. War sie gerade bei Cruz?

Timuris neugierigen Blick ignorierend presste sich Ebby an ihm vorbei und sang, um das Phytoplankton an den Wänden zum Leuchten zu bringen. Zu ihrer Erleichterung war Cruz am Leben. Und allein.

Dann erkannte sie, was das bedeutete.

Sie war mit einem attraktiven, nackten Mann allein.

Onkel Zantus Worte spielten sich in ihrem Verstand ab: *Ich habe Vertrauen in dich.*

Sie musste es schaffen, ihre eigene Natur niederzuringen.

7

In nahezu absoluter Dunkelheit kratzte Cruz die Kante der Muschel über die Höhlenwand. Ab und zu pausierte er, um die Schärfe zu testen. Er hoffte, damit an eine Art Waffe zu gelangen. Nach dem teuflischen Grinsen auf den Lippen der rotschwänzigen Meerfrau, ein Grinsen mit gefährlich spitzen Zähnen, musste er davon ausgehen, dass sie sicher mehr als eine weitere Orgie geplant hatte. Wenn er sich aus der Situation nicht durch Verführung befreien könnte, müsste er sich an dem Kraken vorbeikämpfen und flüchten. Falls jedoch Ebby wieder auftauchen sollte …

Er wusste nicht, was er von der apricotfarbenen Schönheit halten sollte. Sein erster Instinkt war es gewesen, sie zu beschützen. Na ja, nicht der erste

Instinkt. Die Erinnerung an ihre Lippen auf seinen führte zu einem Flattern in seinem Bauch. Er unterdrückte die Empfindung.

Sie schien ihn beschützen zu wollen. Sie hatte ihm Nahrung gebracht. Hatte ihm ihren Namen verraten. Zudem hatte sie die bösartige Meerfrau von ihm abgelenkt. Er wusste nicht, was sie mit ihm vorgehabt hatte, doch Ebby hatte ihr Vorhaben unterbunden.

Er hielt in seiner Arbeit inne, starrte auf das leuchtende Phytoplankton, das er von der Wand gerieben hatte und jetzt wie winzige türkisfarbene Diamanten im Wasser trieb. Er kannte Ebby kaum, aber das Gefühl, das sie in ihm auszulösen vermochte, war ungleich allem, was er bisher erfahren hatte. Er durfte in ihrer Nähe nicht die Kontrolle verlieren, wenn er dieser Situation lebend entkommen wollte.

Die Höhle füllte sich plötzlich mit Licht und er drehte sich zum Eingang, die Muschel in der Hand, bereit für einen Kampf. Ebby schwebte nicht weit von ihm. Unter ihrem Arm klemmte eine kleine Kiste. Sein Herz raste. Er war sich nicht sicher, was er nun tun sollte. Ein Teil von ihm war die Waffe peinlich und er wollte sie vor ihr verstecken.

Sie schien seinen inneren Tumult nicht zu bemerken und stellte die Kiste auf dem Grund ab. Der Fangschreckenkrebs, der sich immer in ihren Haaren versteckte, krabbelte ihren Arm herunter und setzte sich wie ein winziger Wachhund auf die Box. Trotz seiner Unsicherheit zuckte sein Mundwinkel. Warum überraschte es ihn nicht, dass Ebby einen Krebs als Haustier hatte?

Sie verblieb nahe dem Eingang. An ihrem blassen Arm fehlte das Armband. Für was hatte sie es eingetauscht? Offensichtlich nicht für seine Freiheit, sonst hätte der Krake ihn nicht wieder in die Höhle geworfen. Gehörte er nun Ebby? Für eine Weile betrachteten sie sich gegenseitig. *Anscheinend muss ich den ersten Schritt machen.* Die Frage war jedoch, welchen Schritt. Seine jämmerliche Waffe zu benutzen, wäre sicher keine gute Idee. Er legte sie neben sich in den Sand.

Als er den Blick hob, zeigte sie auf die Muschel und kommunizierte mit den Händen: „Mehr?"

Hitze stieg in seine Wangen und er blickte in die Ecke, wo er das Seegras hingeworfen hatte. Sie nahm an, dass er die Muschel versteckte, damit sie nicht dachte, dass er mehr Nahrung brauchte. Er schüttelte den Kopf. „Was ist vorhin mit der rotschwänzigen Meerfrau passiert?"

Mit einer niedlichen Sorgenfalte zwischen den Augenbrauen beobachtete sie aufmerksam seine wedelnden Hände. „Essen?"

Ah, zur Hölle. Für einen Moment ließ sie ihn vergessen, dass sie Gebärdensprache nicht verstand. Bei ‚Essen‘ und ‚mehr‘ handelte es sich um Anfängerwörter, die sogar Kleinkinder formen konnten.

Er seufzte und legte seine Finger um das Handgelenk des anderen Arms, um ihr Schmuckstück zu imitieren, dann zeigte er auf sie. „Du hast es eingetauscht“, formte er mit den Händen. „Warum?“

Unsicher sah sie ihn an, nickte schließlich und wiederholte sein Armband-Zeichen. „Armband.“

Die meisten Menschen machten sich nicht die Mühe, die Gebärdensprache zu probieren. Oftmals wurde einfach erwartet, dass er von den Lippen ablas. Diese mythische Schönheit jedoch gab ihr Bestes und das wärmte ihm das Herz. Er formte erneut das Zeichen für das Wort Austausch und zeigte auf sich selbst. „Für mich eingetauscht?“

Sie nickte und kommunizierte mit den Händen: „Ich habe mein Armband für dich eingetauscht.“

Verdammt, sie schafft bereits Sätze. Sie lernte schnell. Er deutete auf den Ausgang. „Darf ich gehen?“

Traurig sah sie ihn an und schüttelte den Kopf. „Ich habe mein Armband eingetauscht“, wiederholte sie. „Einen Tag habe ich dafür rausholen können.“

Dieses Flattern in seinem Magen war zurück. Ihm war nun klar, dass sie mehr wollte, als lediglich auf Dinge zu zeigen. Sie wollte einen Dialog! Er konnte sich nicht erinnern, wann er das letzte Mal so viel Interaktion mit einer Frau hatte. Er versuchte, seine Freude darüber herunterzufahren. *Konzentriere dich auf dein Ziel: Flucht.*

Die andere Meerfrau schien das Sagen zu haben, dennoch hatte ihm Ebby einen weiteren Tag verschafft. Er musste annehmen, dass es sich dabei um eine Galgenfrist handelte. Um sicherzugehen … „Was passiert nach dem Tag?"

Ebby schüttelte den Kopf, ihr Ausdruck plötzlich entschlossen. Anstatt ihm zu antworten, zeigte sie auf die mitgebrachte Box. „Öffnen."

Die Kiste war von Seepocken bedeckt, das Holz aufgequollen, doch er erkannte nun, was genau er vor sich hatte: ein Schmuckkästchen. Er streckte die Hände danach aus.

Der Krebs auf der Box nahm eine Angriffshaltung ein, Schwanz hoch und die Scheren nach vorn. Cruz wusste, dass Fangschreckenkrebse heftig austeilen konnten, wenn sie sich bedroht fühlten. Noch nie hatte er von einem gehört, der einen Menschen angriff, aber mittlerweile glaubte er, dass alles möglich war. Auf keinen Fall würde er ein Missverständnis riskieren. Er hielt inne und drehte sich zu Ebby. „Du willst, dass ich die Kiste öffne, richtig?"

Sie nickte und verscheuchte ihr überfürsorgliches Haustier. Es krabbelte zur hinteren Wand und buddelte sich dort in den Sand.

Neben der Kiste kniete er sich hin, aus den Augenwinkeln immer Ebby im Blick. Nervös spielte sie mit den Händen, ihre Augenbrauen zusammengezogen. Der Deckel gab nicht nach. Er hob die Augen zu ihr und formte mit den Händen: „Zugeschlossen."

Sie biss sich auf die Unterlippe. „Kannst du sie nicht öffnen?"

Er runzelte die Stirn. Wie war es möglich, dass sie plötzlich so viele Gebärden kannte? Misstrauisch betrachtete er sie. Es war eine Sache, ein paar Wörter aneinanderzureihen, aber ihr Wortschatz wuchs mit jedem Austausch. „Kennst du Gebärdensprache?"

Sie zuckte mit den Achseln und zeigte auf ihn. „Ich lerne schnell."

Er blinzelte. Verstand er das richtig? „Du lernst von mir? Aber wie? Wir haben uns doch kaum unterhalten."

Verlegen sah sie ihn an. „Die Magie der Meerfrauen."

Seine Augen folgten der Bewegung ihrer Hand, die auf Hüfthöhe wellenartig durchs Wasser trieb, um eine Meerfrau darzustellen. Als er ihr wieder ins Gesicht sah, waren ihre Wangen gerötet. *Verdammt, sie ist faszinierend.* Und dabei war das Thema Magie nicht mal das Interessanteste an ihr. Wie ein erstes Date fühlte es sich an, eine Unterhaltung beim Abendessen. Er hatte so viele Fragen und wusste nicht, wo er anfangen sollte.

„Kannst du die Kiste bitte öffnen?", fragte sie erneut.

Er verspürte den starken Drang, sie zufriedenzustellen, weshalb er das Schloss genauer unter die Lupe nahm. Bei seinen zahlreichen Jobs war er für eine Weile auch bei einem Schlüsseldienst angestellt gewesen. Doch hier ging es nicht darum, ein Schloss aufzubrechen. Seepocken klebten in den Fugen und die Scharniere waren mit Rost behaftet. Er drehte das Kästchen auf die Seite, rieb mit den Fingern über die Kante. „Ich könnte es zerbrechen."

Ihr trauriger Ausdruck ließ ihn umdenken. Die Kiste bedeutete ihr offensichtlich eine Menge. Er sah sich in der Höhle um und sein Blick landete auf der Muschel, die er geschärft hatte. Vielleicht war sie widerstandsfähig genug, um den Deckel mit minimalem Schaden aufzubekommen.

Er nahm die Box in die linke Hand und schob die Muschel in die Fuge einer Ecke. Das aufgequollene Holz gab nach, doch als er Druck ausübte, brach ein Stück der Muschel ab. *Ah, verdammt.* Damit war auch seine Waffe hin.

Mit einer anderen Seite der Muschel kratzte er die Seepocken ab und wagte sich erneut daran, die Kiste aufzuhebeln. Nach einer Weile hatte er eine fingerbreite Lücke geschaffen und schon bald krächzten die Scharniere.

Ebby strahlte heller als die Schätze in der Box. Das Flattern in seinem Bauch schaffte es zu Cruz' Gehirn. Er erwiderte ihr Lächeln, bevor er sich stoppen konnte. *Hierbei muss es sich um das Stockholm-Syndrom handeln.* Komischerweise war es ihm egal.

Um Fassung ringend konzentrierte er sich wieder auf den Inhalt der Kiste. Lose Muscheln, Perlen und glänzendes Seeglas vermischten sich mit Schmuckstücken aus der Menschenwelt: Ein Teardrop-Ohrring mit einem funkelnden Diamanten, ein dünnes Silberarmband und eine dicke Goldkette. „Was hast du damit vor?"

Ihr Lächeln wankte. „Ich will es eintauschen. Für dich."

Er kannte Ebbys Motive nicht, dennoch war er ihr dankbar. Es musste sich um einen Wert im

Zehntausenderbereich handeln, den er vor sich hatte. In einer Ecke der Box lag etwas, das in Seide eingewickelt war, nicht größer als ein Handy. Er nahm es heraus, faltete den Stoff auseinander und blickte auf eine weiße Muschel mit langen, fragilen Zacken, die Spitzen in Gold. Eine Tiara? Er platzierte das Objekt auf seinem Kopf und zwinkerte ihr in der Hoffnung zu, sie zum Lachen zu bringen. „Woher hast du das?"

Bei dem geplagten Ausdruck nahm er es sofort vom Kopf und wickelte es wieder ein. „Tut mir leid. Ich wollte nicht respektlos sein."

Ein zaghaftes Lächeln zeigte sich und sie kommunizierte mit den Händen: „Von meiner Mutter."

Oh, verdammt. Sie tauschte Familienjuwelen für ihn ein? Jetzt hatte er wirklich ein schlechtes Gewissen.

„In Schiffswracks finde ich auch viel." Sie nahm die Tiara und enthüllte sie erneut. Dann bot sie ihm den Seidenstoff an, mit einem Verweis auf seinen Intimbereich. Ihre Wangen erröteten, als sie formte: „Menschen bevorzugen es, sich zu bedecken, richtig?"

Er akzeptierte das Material und wickelte es wie einen Kilt um seine Hüfte.

„Gebärdensprache ist neu für mich", ließ sie ihn wissen. „Ist es eine Sprache, die viele beherrschen?"

Der Komfort, der zwischen ihnen entstanden war, bröckelte. Warum musste es immer um seine Behinderung gehen? „Gebärdensprache ist für gehörlose Menschen."

„Gehörlos?" Sie wiederholte seine Bewegung, ihr Ausdruck von Neugierde erfüllt. „Das bedeutet, dass du nicht hören kannst."

Er nickte und drückte seine Schultern durch. Zumeist folgte von Frauen auf diese Erkenntnis eine von zwei Reaktionen: Mitleid oder Abscheu.

Doch Ebby schien … außer sich vor Freude. „Du kannst dich glücklich schätzen, taub zu sein."

Er lachte. Glücklich? Warum zur Hölle würde sie das sagen? „Ich glaube nicht, dass ‚glücklich' das richtige Wort ist."

Ihre Wimpern flatterten, als sie seine Worte überdachte. „Begünstigt?"

Er schüttelte den Kopf. „Auch nicht."

Sie spitzte die Lippen. „Ich denke, dass du dadurch einen Vorteil hast."

Auch er spitzte die Lippen. Sie hatte wirklich ‚glücklich' sagen wollen. „Warum denkst du, dass ich daraus einen Vorteil ziehe?"

„Weil du dadurch nicht von den Liedern der Meerfrauen kontrolliert werden kannst." Sie sah über ihre Schulter zu dem dunklen Höhlenausgang. „Jedoch musst du vorgeben, dass du beeinflussbar bist, wenn die Meerfrau mit dem roten Meerfrauenschwanz singt." Verlegen sah sie ihm in die Augen. „Ich weiß nicht, wie ich ihren Namen mit den Händen formen soll."

Doch er wusste, wen sie meinte. Die Mythen entsprachen also der Wahrheit. Sie waren in der Lage, Männer durch Gesang zu kontrollieren. Zu was wollten sie ihn noch bringen, was er nicht bereits getan hatte? In den Geschichten hieß es immer, dass Meerfrauen Seemänner in den Tod reißen. War das hier auch der Fall? „Was will sie von mir?"

Ihre Hände ballten sich zu Fäusten. „Lieder zwingen Menschen dazu, zu spielen."

Seine Augen weiteten sich. „Spielen?" Auf einmal erkannte er, was sie damit andeutete. Die erste Orgie war nur der Anfang gewesen. „Du meinst Sex?"

Hitze stieg in ihre Wangen und sie drehte sich zum Ausgang. „Richtig. Aber auch andere Dinge."

Ihre Schamesröte wärmte sein eigenes Blut. „Andere Dinge ... Was soll das bedeuten?"

Sie zeigte auf den Kraken. „Unterwasserjagd. Folter. All das gilt als Unterhaltung.“

Im Bruchteil einer Sekunde kühlte sein Blut ab. Nachdem er wieder in die Höhle gezerrt worden war, kam ein Fischschwarm vorbeigeschwommen, kontrolliert von der roten Meerfrau. Der Krake hatte wie von einem Buffet gefressen, hatte das Wasser um sich herum in Blut getaucht, während die Meerfrau vergnügt in die Hände geklatscht hatte. „Sie will mich an den Kraken verfüttern?“

Ebbys Schultern sackten und sie nickte. „Wahrscheinlich.“

Das hatte er erwartet, doch bei der Bestätigung setzte sein Herz aus. Er musste hier verschwinden. Je früher, desto besser.

8

Ebby beobachtete eine Emotion nach der anderen auf Cruz' Gesicht. Eine neue Sprache zu lernen, bedeutete auch Körpersprachen deuten zu können, und sie fand Cruz' Mimik faszinierend. Sein markanter Kiefer hatte sich durch die Stoppeln verdunkelt und sein kurzes, dunkles Haar wies kleine Löckchen auf. Seine blau-grünen Augen redeten mit ihr, selbst als seine Hände stillhielten. Und sein Mund …

Sie errötete und senkte den Blick. Der Kuss hatte ihre Lippen gebrandmarkt und sie sehnte sich nach einem zweiten. Neptun sei Dank hatte sie den Seidenstoff gefunden, damit er seinen Intimbereich bedecken konnte. Der Gedanke daran, was sich dahinter verbarg, brachte ihr Geschlecht zum Kribbeln.

Seine Hand näherte sich ihr und sie wich ihm aus. „Du darfst mich nicht berühren."

Er ließ den Arm fallen und wandte sich stattdessen dem Inhalt ihrer Kiste zu. Nach einer Weile kommunizierte er: „Warum hilfst du mir?"

Sie leckte sich über die Lippen. Die Frage war komplexer, als er es sich vorstellen konnte. Wie einfach es doch wäre, sich ihrer Natur, ihren Instinkten hinzugeben und ihn zu nehmen. Ihn zu benutzen. Aber es gab einen Teil in ihr, der sich an die Erinnerung ihres Vaters klammerte und ihre damit verbundene Entschlossenheit, niemals wie ihre Eltern zu enden. Sie rieb sich über ihren Arm, fühlte sich nackt ohne das Armband, das ihr immer geholfen hatte, ihren Schwur zu halten. „Ich bin nicht wie andere Meerfrauen."

Er lächelte, seine Zähne blendend in dem biolumineszierenden Glühen der Höhle. „Ich weiß."

Sein Vertrauen in sie wärmte ihr das Herz und ihre Augen füllten sich mit Tränen. Eine fröhliche Melodie erhob sich in ihr, was dazu führte, dass das Phytoplankton flackerte.

Cruz sah sich um, seine Lippen leicht geteilt, als er die lebhafte Beleuchtung beobachtete, die sich wie eine Welle über die Wand hinzog. Die Vorführung schien ihm zu gefallen, weshalb sie die Noten verstärkte und die kleinen Kreaturen in erheiternden Mustern durch den begrenzten Bereich schickte.

Als sie fertig war, wandte sich Cruz ihr wieder zu, seine Augen strahlten entzückt. „Warst du das?"

Sie nickte.

Ein schiefes Lächeln zierte sein Gesicht. „Viel besser als die … Unterhaltung der roten Meerfrau."

Erneut errötete sie. *Heilige Abgründe*, wie schaffte er es nur, diese Reaktionen in ihr auszulösen? Sie drehte sich weg und musterte die Wand, als wäre es das Faszinierendste, was sie jemals gesehen hatte. Ein Laut in der Höhle ließ sie aufschrecken. Sie wirbelte herum und hoffte, dass sich Urokotori nicht unbemerkt angeschlichen hatte.

Nur Cruz war hier. Mit den Händen formte er: „Wie ist es möglich, dass ich unter Wasser atmen kann?"

„Meerfrauen-Magie." Sie schwamm zum Ausgang und lunzte. Niemand zu sehen. Sie kehrte zu Cruz zurück und fragte: „Hast du etwas gehört?"

Cruz' Wangen verfärbten sich rot. Dann zeigte er auf sich selbst und sagte: „Hey." Mit den Händen fuhr er fort: „Ich wollte deine Aufmerksamkeit erregen und du meintest, dass ich dich nicht berühren darf."

Ihre Kinnlade klappte herunter. Hatte er sie angelogen? Warum? „Du meintest doch, dass du taub bist!"

Er schüttelte den Kopf. „Taub zu sein, bedeutet lediglich, dass ich nicht hören kann. Sprechen kann ich, nur nicht besonders gut."

Sie näherte sich ihm. „Wie ist es passiert?"

Seine Gesichtszüge spannten sich an; jetzt konnte sie ihn nur noch vage lesen. Jedoch sah sie, wie er schluckte. Was auch immer er ihr nun erzählen würde, war nicht einfach für ihn. „Ich habe mein Gehör im Alter von sieben Jahren verloren. Davor habe ich meine Stimme sehr wohl benutzt."

„Verloren? Kannst du es wiederfinden?"

Ein Lächeln huschte über seine Lippen, doch die Traurigkeit in seinen Augen war es, die ihr das Herz brach. „Nein. Kaputt ist vielleicht das bessere Wort. Zerstört. Ich werde nie wieder hören können." Seine Hände bewegten sich ruckartig und er drückte seine Schultern durch, als würde er dieses Thema gerne abhaken. „Also, dieser Zauber macht mich ... zu was? Einem Meermann?"

Lachend schüttelte sie den Kopf. „Es wird dir keine Schwanzflosse wachsen. Diese Magie geht über die Kräfte einer Meerfrau hinaus."

„Aber ich werde von nun an für alle Zeiten die Fähigkeit haben, unter Wasser zu atmen?"

Oh, okay. Natürlich interessierte ihn das. Sie presste die Lippen zusammen und schüttelte erneut ihren Kopf. „Der Zauber muss regelmäßig erneuert werden."

Die Farbe wich aus seinem Gesicht. „Was passiert, wenn der Zauber nachlässt?"

„Bevor das passiert, werde ich dich hier rausholen." Ihr Blick wanderte zur Kiste, nur eine Frage wirbelte ihr im Kopf herum: Wie viel würde Urokotori von ihr verlangen, damit sie ihn nicht umbrachte?

Die Gegenstände in der Box hatten alle einen sentimentalen Wert, doch keiner war ihr so wichtig gewesen wie das Armband, das sie bereits weggegeben hatte. Na ja, dann gab es noch die Harfe. Das Einzige, was Urokotori niemals in die Hände bekommen durfte! Sie beugte sich vor und nahm das Instrument in die Hand. Sofort wurde sie von Erinnerungen mitgerissen.

Ihr Vater hatte keine Ahnung, dass sie nach Mutters Tod auf die Suche nach dem Instrument gegangen war. Mit den Melodien der Harfe hatte ihre Mutter vielen Meermännern ihren Willen aufgedrückt. Ihr Vater hatte immer gescherzt, dass die Magie dieses Instruments sogar eine Schildkröte aus ihrem Panzer locken könnte. Das zerbrechliche Stück war aus einem seltenen Seeschwamm gefertigt, der nur in den tiefsten Regionen des Ozeans zu finden war. Obwohl eine Saite abgebrochen war, als Ebby die Harfe in den Wilden Tiefen geborgen hatte, waren selbst die neun verbliebenen goldspitzigen Zinken machtvoller als Urokotoris winzige Harfe.

Ebby hatte noch nie ein Instrument benutzt. Sie verabscheute es. Schließlich half es den Meerfrauen, ihre abartigen Neigungen auszuleben.

„Die anderen Meerfrauen dürfen diese Harfe niemals in die Finger bekommen.“

„Eine Harfe, natürlich! Wie spielst du sie? Wie eine Maultrommel?“

„Nein, es ist eine Fischharfe.“ Vorsichtig berührte sie die Saiten, um ja keinen Ton hervorzulocken. „Sehr selten, sogar unter Meerfrauen. Sie ist in der Lage, unsere Kräfte um das Hundertfache zu verstärken. Je mehr Zinken, desto mächtiger ist ihre Wirkung. Es gibt keinen Grund dafür, Meerfrauen noch stärker zu machen, als sie ohnehin schon sind.“

Sie sah sich in der Höhle um und schwamm zu der Ecke, wo sich Kato im Sand vergraben hatte, und buddelte ein Loch direkt neben ihm. Die Augen des Krebses waren das Einzige, was zu sehen war, und er beobachtete jede ihrer Bewegungen. Behutsam legte sie die Harfe in die Mulde und bedeckte sie mit Sand. „Bewache das Instrument mit deinem Leben, Kato."

Das würde der Fangschreckenkrebs auch tun. Wenn jedoch eine der Meerfrauen herausfand, was sie hier versteckt hatte, würde sie nicht zögern, ihren kleinen Freund zu töten – auch wenn er ganz offiziell den Status als Ebbys Haustier genoss. Kato stimmte mit einem Wackeln seiner Antennen zu, sein Gedanke immer bei dem Kraken.

Ebby schwamm zu ihrer Kiste zurück und nahm ein paar andere Objekte heraus. Alles sah in dem türkisfarbenen Licht sehr farblos aus. Ihre Schultern sackten, als sie überlegte, welche Stücke Urokotori gefallen könnten.

Sie hob eine dünne Kette in die Höhe und erinnerte sich, dass sie im Sonnenlicht roségold gewesen war. Nun ähnelte die Farbe eher dem Netz eines Seemanns.

Starke Finger kamen in Kontakt mit ihren, als Cruz die Kette berührte. Ihr Magen sprang in ihre Kehle und sie entließ das Schmuckstück.

Im Bruchteil einer Sekunde hatte er den Verschluss geöffnet und fragte: „Darf ich?"

Die Kette schien in seiner Hand an Glanz zu gewinnen und sie nickte.

So griff er um sie herum, nur wenige Zentimeter davon entfernt, sie zu berühren, und legte ihr das Schmuckstück um den Hals. So nah war er ihr, dass sie nur ihren Kopf drehen müsste, um seine Schulter zu küssen. Sie widerstand dem Bedürfnis, widerstand dem Flattern in ihrem Bauch. Sein erfrischender Kräutergeruch breitete sich im Wasser aus und brachte ihre Haut zum Kribbeln. Wie sollte sie ihn an die Wasseroberfläche tragen, sobald sie ihn gerettet hatte, wenn sie in seiner Nähe regelmäßig den Verstand verlor?

Er richtete die Kette aus, sodass sie im Tal zwischen ihren Brüsten zum Liegen kam, dann ging er ein wenig auf Abstand. Seine Augen jedoch dachten nicht an Abstand! Gemächlich folgten sie der Länge des Schmuckstücks, von ihrem Schlüsselbein nach unten zu ihren Brüsten. Dann formte er mit den Händen: „Wunderschön.“

Zuvor war sie nervös gewesen, nun fühlte sie sich regelrecht außer Kontrolle. Hitze füllte ihre Wangen, ihren ganzen Körper. Sie schaffte es nicht, den Blick von ihm zu nehmen. Nichts in diesem Ozean war faszinierender als dieser Menschenmann, dieser Landläufer. Sie schwamm rückwärts, unsicher in ihren Taten und kommunizierte hilflos: „Bitte nicht.“

„Habe ich dich berührt?" Er hob beide Hände. „Ich war extra vorsichtig."

Sie biss sich auf die Lippe und schüttelte den Kopf. Ja, er war vorsichtig gewesen. Mit der Erinnerung an das Vertrauen, das ihr Onkel in sie hatte, entspannte sie sich. Bevor Urokotori zurückkam, musste sich Ebby an die Nähe des Menschen gewöhnen und lernen, sich zu kontrollieren. Doch der Gedanke, dass sie ihre Arme um ihn legen müsste, wenn sie an die Oberfläche schwammen, beschleunigte ihren Herzschlag.

Reiß dich zusammen, dachte sie. Sie atmete tief ein und nahm im Sand, so weit entfernt von ihm wie möglich, Platz. „Kannst du mir von den Menschen erzählen?"

Die ganze Nacht unterhielten sie sich, lernten sich kennen, und als der Tag anbrach, war sie schon recht gewandt in der Gebärdensprache. Ihre Augen schmerzten von der schlaflosen Nacht, doch ihr Herz drehte einen Salto nach dem anderen. Sie fühlte sich lebendig. Am späten Morgen hatte sich Urokotori immer noch nicht gezeigt und Ebbys Magen knurrte. Auch Cruz schien Hunger zu haben. Es war gut möglich, dass die Meerfrau niemals auftauchte. Ebby würde es wagen, die Höhle zu verlassen, um sich auf Nahrungssuche zu begeben.

Sie nahm sich ein Silberarmband aus ihrer Kiste, reinigte es sanft und schwamm zu Timuri. Der Krake war auf seine Art intelligent und wäre in der Lage, Urokotori eine Nachricht zukommen zu lassen. Ebby wünschte, sie könnte das Tier bestechen, um den Menschen aus dieser Situation zu befreien. Leider würde sich ein Haustier niemals gegen den Befehl seiner Herrin stellen, selbst wenn sein eigenes Leben in Gefahr war. Sie hielt das Armband hoch. „Richte Urokotori aus, dass ich mir mit diesem Schmuckstück einen weiteren Tag erkaufen will."

Timuri streckte einen Arm aus und Ebby schob das silberne Band über die Spitze. Schon zog er den Arm zurück und versteckte das Schmuckstück unter seinem Körper.

Ebby blickte über ihre Schulter zu Cruz. „Ich werde mit Nahrung zurückkommen."

„Nimm mich mit." Er schwamm auf sie zu.

„Das geht nicht." Sie hatte überlegt, wie sie dem Befehl der Meerfrau umgehen könnte, doch sie war deutlich gewesen: *Der Mensch darf die Höhle nicht verlassen.* „Bis ich zurückkehre, bist du hier sicher."

Sie setzte sich in Bewegung und hoffte, dass ihre Worte der Wahrheit entsprachen.

CRUZ schwamm von einer Wand zur anderen, drückte sich immer wieder mit den Händen ab und hinterließ dabei glühende Abdrücke. Wenn er hier nicht bald herauskam, würde er noch wahnsinnig werden. Dann bräuchte es keine Meerfrauen mehr, die Spaß am Foltern hatten. Ebby meinte, dass sie nicht lange brauchen würde, aber das konnte viel heißen.

Er beendete seine gefühlt zweihundertste Runde durch die Höhle, als ein Schatten das Licht von draußen blockierte. Endlich!

In Erwartung von Ebby wirbelte er herum und fand sich einem bekannten, sommersprossigen Gesicht und violetten Haaren gegenüber. Sie sang, betrachtete ihn anzüglich und wies ihn mit dem Finger an, sich ihm zu nähern.

Cruz biss sich auf die Unterlippe, erinnerte sich an die Warnung von Ebby. Er durfte sie nicht erkennen lassen, dass ihr Lied keine Wirkung auf ihn hatte. Allerdings hatte er das Gefühl, den Kopf in das Maul eines Hais zu stecken, wenn er sich ihr freiwillig näherte. Er hatte keine andere Wahl, das wusste er. Bedachtsam kam er auf sie zu, spielte den unbeholfenen Schwimmer, um Zeit zu schinden. Obwohl sie lächelte, lag sein Blick einzig und allein auf diesen scharfen Zähnen, die in dem biolumineszierenden Licht der Höhle weiß leuchteten.

Die ihm sehr bekannte Genitalspalte pulsierte. Sein Herz stockte, als er versuchte, ihre Absichten zu lesen. War sie auf Sex aus? Oder hatte sie eine andere Art der Unterhaltung im Sinn?

Beide Optionen klangen wenig ansprechend.

Sobald er in Reichweite war, schob die Meerfrau seinen provisorischen Kilt beiseite und packte seinen Schwanz. Nicht sehr sanft wohl bemerkt.

Sie riss ihn an sich und krachte mit dem Mund gegen seinen, die scharfen Zähne kratzten über seine Lippen. Damit sie ihm nicht unnötig wehtat, kam er ihr entgegen, öffnete den Mund und erwiderte den Kuss, schob seine Zunge an ihren bedrohlichen Zähnen vorbei. Er hob die Hand und zwickte in einen Nippel, rief sich in Erinnerung, wie er eine normale Frau befriedigen würde. Jeder Kontakt ekelte ihn an, von ihren hungrigen Lippen auf seinen bis zu der Hand um seinen Schwanz, die mehr forderte, als er zu geben bereit war.

Sie rieb sich an ihm, ihre Hand fest um seine Länge. Zwar zeigte sich langsam eine Erektion, doch hart genug, um sie zu nehmen, war er nicht. Er nahm an, dass sie aus diesem Grund nach einer Weile brutaler vorging.

Vergeblich. Als ihr dies bewusst wurde, schob sie ihn angeekelt von sich, ihr Gesicht zu einer Grimasse verzogen. Sie fletschte die Zähne und öffnete dann weit den Mund. Das Phytoplankton erstrahlte in blendenden Farben und das Wasser um ihn blubberte.

Er leckte sich über die Lippen, schmeckte Blut. Da er keine Ahnung hatte, wie ihr Befehl lautete, bewegte er sich wieder auf sie zu.

Auf Sex hatte sie es anscheinend nicht abgesehen, denn sie schubste ihn gewaltsam von sich. Er kollidierte mit der Wand, so hart, dass ihm die Luft wegblieb.

Die Meerfrau wirbelte herum und verschwand erbost aus der Höhle.

Cruz drückte sich von der Wand ab und schluckte Wasser. Seine Lungen verkrampften sich panisch.

Ganz ruhig. Seine jahrelange Erfahrung als Taucher kam ihm nun zugute. Er öffnete den Mund und versuchte, erneut Atem zu holen – so wie er das auch mit einem Atemregler tun würde. Leider mit demselben Ausgang: Wasser rauschte an seinen Zähnen vorbei und er schmeckte Salz.

Der Atem-Zauber hatte seine Wirkung verloren.

9

Ebby legte gerade das letzte saftige Bündel Seegras in eine Muschelschüssel, als sie aus den Augenwinkeln einen violetten Schatten wahrnahm. Selachii kam zu ihr, das sommersprossige Gesicht von Abscheu gezeichnet. „Ich kann nicht glauben, dass du für den Menschen dein Armband hergegeben hast. Er ist vollkommen nutzlos."

Die Vorstellung, dass sich ihre Schwester an ihm gerieben hatte, ließ Galle in ihrer Kehle aufsteigen. Woher wusste Selachii von der Abmachung? *Heilige Abgründe!* War Urokotori in ihrer Abwesenheit zur Höhle zurückgekehrt? War sie noch bei ihm? Sie packte die Schüssel fester und fragte: „Ist Urokotori bei ihm?"

„Nicht, als ich weg bin. Aber ich verstehe, warum sie ihm fernbleibt." Selachii schob eine violette Locke aus ihrem Gesicht und fuhr mit der Hand dann über ihre Flanke, als würde sie unsichtbaren Sand entfernen. Ihr Drückerfisch kam herbei und säuberte die Stelle. „Er hat keinen hochbekommen." Die Meerfrau gluckste. „Deine langweilige Persönlichkeit muss auf ihn abgefärbt haben."

Ebby drehte sich weg. „Mir doch egal. Wieso suchst du dir nicht ein paar Seelöwen, die du foltern kannst und lässt mich in Ruhe?"

„Gute Idee." Selachii klatschte begeistert in die Hände. „Du solltest mitkommen."

Obwohl ihr das Herz bis zum Hals schlug, antwortete sie nicht und konzentrierte sich ganz aufs Ernten.

„So öde." Bei ihrem Abgang beförderte Selachii mit ihrer Flosse kleine Steine in Ebbys Richtung.

Als ihre violette Schwanzflosse nicht mehr zu sehen war, ließ Ebby die Muschel mit dem Seegras fallen und raste zur Höhle. War sie bereits zu spät? Sie schoss an einem verwirrten Timuri vorbei und fand Cruz vor, der mit dem Gesicht nach oben an der Decke der Höhle schwebte. Sie entließ eine Melodie, ließ das Plankton glänzen.

Cruz fand ihren Blick.

Erleichtert sank sie auf den Sandboden. Er lebte. Sie kümmerte es nicht mal, dass er und Selachii … Sie war einfach nur froh, dass er nicht verletzt war.

Mit den Händen ließ er sie wissen: „Bekomme keine Luft."

Sie sah die Bläschen, die aus seiner Nase traten, und riss die Augen weit auf. Nun fiel ihr auf, dass er an der Decke hing, um die Sauerstofftaschen in der Steinwand zu nutzen. Lange würde er so nicht durchhalten.

Sie musste den Zauber erneuern.

Sie erschauerte. Die kleinste Berührung von ihm machte sie nervös. Wie sollte sie die Intimität eines Kusses überstehen? Würden ihre natürlichen Instinkte sie überwältigen?

Es spielte keine Rolle. Sie durfte keine Zeit verlieren.

Bevor sie zu viel nachdenken konnte, riss sie ihn von der Decke, zog sein Gesicht zu sich und presste einen zaghaften Kuss auf seine Lippen. Eine Sekunde später ließ sie ihn wieder los und ging auf Abstand.

Er würgte und drückte sich erneut an die Decke.

Bisher hatte sie noch nie einen Atem-Zauber angewendet. Sie war sich nicht sicher, wie es funktionierte. Nur die Lippen aufeinanderzupressen, schien nicht der richtige Weg zu sein.

Heilige Abgründe.

Mental bereitete sie sich vor, dann packte sie ihn ein zweites Mal und zog ihn in eine Umarmung, legte ihre Lippen auf seine. Seine Arme wickelten sich verzweifelt um ihre Schultern, als könnte er mit dem Kuss den Sauerstoff aus ihren Lungen saugen. Vielleicht war genau das die Lösung. So teilte sie die Lippen und entließ einen Schwall aus Bläschen in seinen Mund.

Seine Brust blähte sich an ihrer auf. Eine seiner Hände fuhr von ihrer Schulter über ihren Rücken, drückte sie an sich. Die Stoppeln über seiner Lippe kitzelten sie und auf einmal wurde sie sich darüber bewusst, wie perfekt ihre Körper zusammenpassten. Seine harten Bauchmuskeln an ihrer Weichheit. Sein nackter Oberkörper an ihren Brüsten, wo seine feine Behaarung ihre Nippel neckte. Er atmete wieder und schien sie dennoch nicht loslassen zu wollen.

Plötzlich spürte sie seine Zunge an ihrer. Der Kontakt erstreckte sich auf ihren Körper und es fühlte sich an, als würde er sie ganz woanders berühren. Die Hand auf ihrem Rücken glitt über ihre Wirbelsäule nach oben, vergrub sich in ihren Haaren und richtete anschließend ihren Kopf aus, um den Kuss zu vertiefen.

Unbeschreibliche Lust schoss wie eine Droge durch ihr Nervensystem. Ein Stöhnen entrang ihr und sie saugte an seiner Zunge. Er erschauerte, festigte seinen Arm um sie und presste sie eng an seinen harten Körper.

Mit einer Hand streichelte sie über seinen stoppeligen Kiefer, an seinem Ohr vorbei und fand seinen sehnigen Nacken. Bei Neptun, niemals hätte sie erwartet, dass ein einziger Kuss sie dermaßen mitreißen, sie so vollkommen in Besitz nehmen konnte. War diese Empfindung eine Nebenwirkung des Zaubers? Ihre andere Hand erkundete ihn, strich über seine Rippen und hoch zu seinen breiten Schultern.

Seine Lippen glitten über ihre, kosteten von ihr, während seine Arme nicht daran dachten, sie loszulassen. Sie hatte ihn nicht mit einem Lied so weit gebracht, hatte ihn nicht mit ihrer Stimme verführt, und selbst wenn sie dies versucht hätte, war er immun gegen diese Technik. Trotz allem wollte er sie.

Oh ja, er wollte sie.

Seine Erektion zuckte zwischen ihnen. Zaghaft rieb sie ihren Bauch an seiner Länge und entlockte ihm ein Stöhnen. Das Einzige, was ihn noch von ihrem Geschlecht trennte, war der Seidenstoff, den er um seine Hüfte trug. Wie einfach es doch wäre, das Material aus dem Weg zu räumen. Ihn und seinen harten Schaft in sich aufzunehmen.

Seine Hände landeten tiefer auf ihrer Rückseite und er rieb sich an ihr, sein Schaft so nah an ihrem Eingang. Ihr Geschlecht pulsierte erwartungsvoll. Wie würde er sich in ihr anfühlen? Tief in ihr. Wenn er sie immer und immer wieder ausfüllte. Noch nie hatte sie mehr nach jemandem gegiert. Doch … zuerst wollte sie ihn besser kennenlernen.

Ich muss die Sache beenden, bevor wir zu weit gehen.

Widerwillig löste sie sich aus seinem Griff und vermisste bereits seine Berührungen, seine unwiderstehliche Nähe.

Seine Pupillen waren geweitet, seine Finger glitten mit Sehnsucht über ihre Haut, dann ließ auch er von ihr. Er blinzelte einmal und formte dann mit den Händen: „Danke."

Ebby leckte sich über ihre geschwollenen Lippen und nickte. „Es tut mir leid."

„Was tut dir leid?"

„Niemals hätte ich gedacht, dass Selachii zu einem Problem werden könnte."

„Selachii ist die Meerfrau mit der violetten Schwanzflosse?"

Sie nickte. Ihn erneut allein zu lassen, war also keine Option – sonst müsste sie alle drei bezahlen, und dafür hatte sie nicht genügend Schmuckstücke. Zumal es sich nur um eine zeitlich begrenzte Lösung handeln würde. Sie brauchte einen Plan, um ihn an Timuri vorbei zu bekommen.

Ihre Hand wanderte zu dem Pfeil, der als Ohrring getarnt war. Nein, diese Idee hatte sie bereits verworfen. Timuri umzubringen, wäre unverzeihlich. Könnte sie ihn vielleicht befehligen? Meerfrauen waren selten dazu fähig, die Haustiere anderer Meerfrauen zu kontrollieren, aber Ebby hatte etwas in ihrem Besitz, was Urokotori nicht hatte – die Harfe ihrer Mutter. Wenn sie das machtvolle Instrument benutzte, könnte sie damit vielleicht Urokotoris Zauber aufheben.

Kato nahm ihre Ratlosigkeit wahr, schüttelte den Sand von seinem Panzer und krabbelte zur Stelle, wo sie die Harfe vergraben hatte. Sie setzte sich neben ihn, hob ihn auf ihre Handfläche und hielt ihn auf Augenhöhe. „Mach dir keine Sorgen, mein kleiner Freund. Ich will kein neues Haustier."

Seine Antennen winkten als Ausdruck seines inneren Aufruhrs.

Sie ließ ihn runter und nahm behutsam die zerbrechliche Harfe an sich. Timuri zu befehligen, würde starke Magie brauchen, und sie rechnete damit, am Anfang Fehler zu machen. Obwohl das Instrument recht klein war, lag es schwer in ihrer Hand, als sie sich zum Ausgang aufmachte.

Cruz' Augen wanderten von ihrem Gesicht zu ihrer Hand und wieder zurück. „Meintest du nicht, dass sie das Instrument niemals in die Finger bekommen darf?"

„Es ist nicht für sie." Ebby schluckte schwer. „Ich werde die Harfe benutzen."

„Kann ich dir irgendwie helfen?"

In dem Moment erkannte sie, dass sie Timuri nah sein musste. Schließlich wollte sie ihn lange genug kontrollieren, sodass Cruz' Flucht erfolgreich endete. Der Menschenmann müsste es also allein an die Wasseroberfläche schaffen. Sie entfernte ihren Ohrring und reichte ihn an Cruz weiter. Nachdem er den Pfeil genommen hatte, kommunizierte sie unbeholfen mit einer Hand: „Das Ding ist in der Lage, eine Meerfrau zu töten. Benutze es nur im Notfall. Bis zur Wasseroberfläche ist es weit und es gibt mehr Meerfrauen, als du denkst." Dann erzählte sie ihm den Rest ihres Plans. „Sobald du einen gewissen Abstand von der Höhle hast, werde ich aufholen und dich ans Ufer begleiten. Schwimme so schnell, wie du kannst."

Er legte den Ohrring beiseite und streckte die Hand nach der Harfe aus. Sie riss das Instrument außer Reichweite, woraufhin er mit den Händen formte: „Ich kann es an deiner Kette befestigen, damit du es nicht verlierst."

Die Kette, richtig, die hatte sie vollkommen vergessen. Sie gab nach und erlaubte ihm, dass er den Verschluss öffnete. Dabei strichen seine Finger über ihre Haut und sie erschauerte. Innerhalb weniger Sekunden fädelte er die goldene Kette durch eins der vielen winzigen Löcher im Harfenrücken und schloss dann wieder den Verschluss. Das kleine Instrument war federleicht, trotzdem hatte sie das Gefühl, das Gewicht der ganzen Welt um ihren Hals zu tragen.

„Bereit?", fragte sie.

Er nickte.

Entschlossen schwamm sie zum Ausgang, gerade als dieser von einem roten Schatten blockiert wurde.

Urokotori stemmte die Hände in die Hüften und ließ den Blick über Cruz schweifen. „Selachii, du meintest doch, dass der Mensch tot sei."

Ebby bedeckte die Harfe mit einer Hand. Urokotori hatte in einem Kampf um die weniger mächtige Harfe, Selachii beinahe getötet. Was würde sie wohl tun, um an das einflussreichere Instrument zu kommen?

Selachiis Stimme trieb durch das Wasser. Wie es schien, befand sie sich gleich hinter Urokotori. „Er ist nicht tot?"

„Unsere kleine Garnele hat wohl entschieden, ihn zu retten." Urokotoris Fingerspitzen trommelten gegen ihre Hüften. „Gefickt scheinst du ihn immer noch nicht zu haben. Was fasziniert dich also an ihm, Ebby?"

„Ich verstehe es auch nicht." Selachiis Gesicht erschien über Urokotoris Schulter, ihre violetten Augenbrauen verwirrt zusammengezogen.

Ebby positionierte sich vor Cruz. „Ich will seine Freiheit erkaufen. Dieses Mal ohne irgendwelche Tricks. Er soll lebendig ans Ufer zurückkehren dürfen."

Urokotori schüttelte den Kopf, ihr Gesicht getrübt von Enttäuschung. „Du hättest dich niemals für das weibliche Geschlecht entscheiden sollen, Ebby. Diese Verantwortung ist zu viel für dich."

„Was stört es dich, ob ich eine Meerfrau bin oder nicht?"

Sie nahm die Hände von den Hüften und deutete mit einem ihrer langen, krallenartigen Fingernägel in die Höhle. Ihre Haare wirbelten wie Seegras um ihr Gesicht. „Dieses Spiel langweilt mich immer mehr, kleine Schwester. Heute werde ich dich zu einer wahren Meerfrau machen."

Ebbys Blut rauschte in ihren Ohren. „Du kannst mich nicht zwingen."

Ein teuflisches Grinsen bildete sich auf Urokotoris blutroten Lippen. „Denkst du, ja? Das klingt doch mal nach einer interessanten Herausforderung." Sie legte den Kopf auf die Seite. „Ich mache dir einen Vorschlag: Verführe ihn vor Sonnenuntergang und ich lasse ihn aus der Höhle."

„Falls er überhaupt verführbar ist", fügte Selachii hinzu. „Als ich vorhin bei ihm war, hat er sich als nutzlos erwiesen."

Urokotoris Lache prallte von den Höhlenwänden ab. „Dann ist es wirklich eine Herausforderung für unsere kleine Schwester. Versagst du, wird der Mensch die nächste Mahlzeit von Timuri."

„Nein!" Ebby wickelte die Hand so fest um die Harfe, dass sich die Saiten in ihre Brust bohrten. Wenn Meerfrauenlieder doch nur eine Wirkung auf ihre Artgenossen hätten! Sie hätte kein Problem damit, die beiden aufeinanderzuhetzen. Mord durfte jedoch nicht die Antwort sein. Aber Verführung? Wäre es so schlimm, ihre Jungfräulichkeit für das Leben von Cruz herzugeben? *Was, wenn du dann wie Urokotori wirst? Oder deine Mutter?* Sie erschauerte bei diesem furchtbaren Gedanken.

„Fick ihn endlich", summte Urokotori. „Ich tue das in deinem Interesse." Sie hob ihre Harfe mit den zwei Zinken, die zwischen ihren Brüsten baumelte und zupfte an einer Saite. Eine einzige Note bebte durchs Wasser. „Verdiene dir seine Freiheit."

Ihre beiden Schwestern gingen auf Abstand und stimmten ein Lied an.

CRUZ HATTE KEINEN SCHIMMER, was Ebby mit den anderen Meerfrauen besprach, aber er konnte sich gut vorstellen, dass es nichts Gutes war. Als die rote Meerfrau das Truthahngabelbein in die Hand nahm, erkannte er das Objekt für das, was es war: eine kleinere Version von Ebbys Harfe. Er sah zu Ebby, erwartete, dass sie ihr eigenes Instrument zur Hand nehmen würde, um ihre Artgenossen zu vertreiben, doch sie regte keinen Muskel. Mit einer Hand packte sie die Harfe an ihrer Kette so fest, dass er befürchtete, sie würde das Instrument zu Staub zermahlen.

Die rote Meerfrau öffnete den Mund. Er nahm an, dass sie sang, während sie mit ihren gruseligen Fingern an der Harfe zupfte.

Dennoch blieb Ebby unbeweglich.

Benutzte die Meerfrau einen Zauber, um Ebby zu lähmen? Noch war er in Besitz des Pfeils, doch er sah sich zwei Meerfrauen und einem Kraken gegenüber. Er entschied, Ebbys Handgelenk zu umfassen und sie sanft zu sich zu drehen.

Ihre Augen waren weit aufgerissen, ihre Unterlippe zwischen ihren Zähnen gefangen. Sie kommunizierte: „Sie singen ein Verführungslied. Sie wollen, dass ich … dass wir …"

Nicht gelähmt, jedenfalls nicht durch Magie. Er konnte ihr ansehen, wie verängstigt sie war. Aus den Augenwinkeln wagte er einen Blick zum Ausgang. „Kannst du mit deiner Harfe dem Lied der beiden etwas entgegensetzen? Schließlich ist dein Instrument machtvoller."

„Harfen haben keine Wirkung auf Meerfrauen. Ihr Lied soll dich beeinflussen."

Ihre Worte zogen ihn nach unten wie Gewichte beim Tauchen. So oft hatte sie ihn davor gewarnt, sie zu berühren, und nun sollte sie mit ihm Sex haben? Nicht, dass er etwas dagegen hätte, aber …

Sie nahm seine freie Hand und legte sie auf ihre linke Brust. Der Nippel richtete sich an seiner Handfläche auf, doch er wusste, dass die Reaktion des Körpers nicht immer bedeutete, dass jemand auch Sex haben wollte. Er zog seine Hand zurück. „Können wir den Pfeil benutzen?"

Ein niedergeschlagenes Lächeln zeigte sich bei ihr und sie schüttelte den Kopf. „Es würde nicht reichen. Sie meinten, sie würden dich freilassen, wenn ich dich verführe."

Trotz seiner Bedenken wurde er bei ihren Worten hart. Der Kuss, den sie geteilt hatten, um den Atem-Zauber zu erneuern, war dermaßen erotisch gewesen, dass er mehr wollte. Ihre Lippen hatten nach Sonne und Salz geschmeckt, wodurch er sich an den Ozean bei Sonnenuntergang erinnert fühlte. So warm hatte sie sich an seiner Haut angefühlt.

Sie griff wieder nach seiner Hand und legte diese auf ihre Brust zurück, schwebte näher, bis sich ihre Lippen nur wenige Millimeter von seinen befanden. Seine Hand auf ihrem Busen war nun zwischen ihren Körpern gefangen. Sein Schwanz richtete sich zur vollen Größe auf. Möglich, dass er gegen Meerfrauenlieder immun war, doch gegen Ebby hatte er keine Chance.

Er riss die Kontrolle an sich und küsste sie. Er wollte es. Er wollte sie. Gefangenschaft hin oder her, er verzehrte sich verzweifelt nach ihr. Eine Verzweiflung, die er so noch nie erfahren hatte. Wenn er danach seinen Tod fand, würde er wenigstens mit einem Lächeln auf den Lippen sterben.

Sie öffnete die Lippen, wölbte sich ihm zaghaft entgegen und erwiderte den Kuss. Ihre Zunge strich über seine Unterlippe und ihr Nippel richtete sich unter seiner Handfläche auf.

Besorgt, sie aus Versehen mit dem Pfeil zu erwischen, ließ er ihn los und legte die Hand auf ihren samtweichen Rücken. Sie war so warm und empfänglich. Dann fand er ihre Venusgrübchen, was ihn zum Stöhnen brachte und seine Erektion zum Zucken. Jeden Millimeter ihres Körpers wollte er erkunden. Er riss sie enger an sich und vertiefte den Kuss.

Ihre Zunge ließ sich auf einen Tanz mit seiner ein, während sich ihre Finger in seine Haare gruben. Wenn der Atem-Kuss magisch gewesen war, so hatte er mit diesem das Nirwana erreicht. Und Ebby war seine Göttin.

10

Ebby war immer davon ausgegangen, dass die Meerfrauen die Verführung übernahmen, doch auch Cruz machte sich gut. Seine Hände kneteten ihre Rückseite, pressten sie gegen die Hitze, die von seiner Erektion ausging. Gleichzeitig stieß er seine Zunge tief in ihren Mund, wodurch er sie an den Akt erinnerte, der bald folgen würde. Eine große Hand fuhr ihren Rücken hoch und packte ein Bündel ihrer Haare. Er riss ihren Kopf zurück und saugte an der empfindlichen Haut ihres Halses, was elektrisierende Empfindungen in ihr auslöste.

Ihre Hände wanderten über seinen Oberkörper, wie magisch angezogen von den Brusthaaren. Menschen hatten so viele Haare! Seine kleinen Brustwarzen richteten sich unter ihrer Berührung auf und die definierten Muskeln zuckten, als er seinen Griff um ihre Taille festigte. *Heilige Abgründe*, er war ein hinreißender Mann. Plötzlich hatte sie das starke Bedürfnis, alles von ihm sehen zu wollen. Alles und aus nächster Nähe.

Sanft fuhr sie mit den Händen zu seinem Intimbereich, während sie sich auf den Boden senkte, um auf Augenhöhe mit seiner pulsierenden Erektion zu sein. Seine Finger kämmten durch ihre Haare und seine muskulösen Beine spreizten sich weit, um im Wasser nicht den Halt zu verlieren. Sie ging auf Erkundungstour, glitt mit den Händen über seine Schenkel, genoss das Gefühl seiner rauen Härchen, als sie den Seidenstoff aus dem Weg schob. Sie erblickte seinen Hoden, umfasste und massierte ihn. Die fragile Weichheit stand im starken Kontrast zu dem harten Schaft, der unter ihren Berührungen immer wieder zuckte.

Sie ergriff seine imposante Größe mit ihrer Hand, rieb über seine Länge, bis sich an der Spitze ein Tropfen löste. Bei seiner Reaktion schoss ein Lustschauer durch ihren Leib. Noch nie war sie einem Mann so nah gewesen. Jedoch hatte sie oft beobachten können, wie ihre Körper reagierten. Für die Reaktion selbst verantwortlich zu sein, fühlte sich besser an, als sie sich vorgestellt hatte.

Sein typischer Duft nach Kräutern erfüllte das Wasser um sie herum, als sie mit der Zunge über seine Eichel leckte. Dann nahm sie ihn tief in ihrem Mund auf. Sie entdeckte mit ihrer Zunge Adern und eine Hitze, die ungeahnte Empfindungen in ihr auslöste. Sie wollte mehr davon. Um ihn nicht zu verletzen, schob sie die Lippen über ihre Zähne, und saugte ihn schließlich so tief, dass ihr Kiefer schmerzte.

Er streichelte über ihren Kopf und feuerte sie an, sich dem Rhythmus seiner Hüften anzupassen. Mit den Händen packte sie seinen Hintern. Sie wanderte nach unten, fand die Stelle, an der seine Beine begannen. Das schien ihm zu gefallen, also erkundete sie mit ihren Fingerspitzen, während ihr Mund seine Länge eroberte. Schon bald bebte er, spannte seine Pobacken an, seine Schenkel waren steinhart. Sie saugte härter an ihm. Anstatt zu explodieren, wie sie das von ihm erwartet hätte, erschauerte er und schob sie dann von sich.

War er fertig? Enttäuschung erfüllte sie. Das hatte sie nun wirklich nicht erwartet.

Sie hob den Kopf. In seinen blau-grünen Augen erkannte sie dunkle Begierde, seine Brust hievte. Lächelnd formte er mit den Händen: „Langsamer.“

Neptun sei Dank, er war noch nicht fertig. In dem Moment erinnerte sie sich daran, dass sie von zwei

Meerfrauen beobachtet wurden. Sie drehte den Kopf zu ihnen. Noch sangen sie, die Mimik der beiden zeigte, dass sie sich wahrscheinlich genauso verzweifelt nach einem Orgasmus sehnten wie Ebby.

Cruz kniete sich hin und senkte seinen Kopf auf ihre Brust, umgab sie abermals mit seiner Präsenz. Die Stoppeln an seinem Kinn hinterließen eine Markierung auf ihrem Herzen. Als seine Zunge einen ihrer Nippel umkreiste, fühlte es sich an, als hätte ein Blitz gleich neben ihr eingeschlagen. Keuchend wölbte sie sich ihm entgegen. *Ah, Neptun, was für eine ekstatische Folter!*

Ihre Finger fanden seine Haare. Mit sicherem Halt wölbte sie sich erneut, bot ihm ihre Brüste an. Er knabberte und saugte und neckte, bis sie sich fragen musste, wie sie auch nur eine weitere Sekunde überleben sollte. Hitze erhob sich in ihrer Mitte. Ihr Urtrieb meldete sich und verlangte nur eine Sache, eine harte, dicke Sache.

Entschlossen machte sich ihre Hand auf den Weg zu seiner Erektion. Doch Cruz rutschte nach unten, küssend und leckend fand er ihre pulsierende Spalte, wodurch sein Schaft außer Reichweite geriet. Sie wimmerte, frustriert und dennoch erfreut über die neue Empfindung. Mit den Händen massierte er ihr Hinterteil, zog sie näher zu sich, direkt zu seinem

Mund. Dann spürte sie seine Zunge an ihrem Geschlecht, wie sie in ihre Höhle eintauchte. Dieser kurzweilige Kontakt schickte eine Welle der Ekstase durch sie und sie spannte sich an, verzweifelt auf mehr hoffend.

Er erfüllte ihren unausgesprochenen Wunsch, schnellte über die Perle ihrer Leidenschaft. *Heilige Abgründe!* Sie hatte sich so oft selbst berührt, doch noch nie hatte es sich so gut angefühlt. Er saugte und leckte, dann drang er erneut mit der Zunge in sie ein, raubte ihr regelrecht den Verstand. Sie rieb sich an seinen Lippen, während eine Lustwelle nach der anderen von ihrem Schopf zu ihrer Schwanzflosse jagte.

Nach einer Weile bemerkte sie, dass sie mit dem Rücken an der Wand lehnte; der Kontakt ließ das Türkis aufleuchten. Das raue Gestein an ihrer Haut erhöhte ihre Erregung und sie riss ihn zu sich, näher und näher … Schließlich wurde seine talentierte Zunge von seinen Fingern ersetzt, sie fanden ihre Öffnung und schoben sich an ihren Schamlippen vorbei.

Sie explodierte bei dem Gefühl seiner schwieligen Finger in ihrer Hitze. Sicher, sie hatte bereits Orgasmen erlebt, durch ihre eigene Hand, doch durch die Berührung einer anderen Person konnte die Erfahrung nur als bewusstseinserweiternd beschrieben werden.

Er fuhr unermüdlich fort, berührte und leckte sie, bis auch ihre Nachbeben nachließen. Langsam zog er sich zurück, schob sich behutsam über ihren Körper, seine Haut rieb sanft über ihre – ein Kontakt, der neue Level der Begierde freischaltete. Sein Mund hatte sich fabelhaft angefühlt, seine Finger köstlich erregend und sie wollte mehr. Sie wollte alles von ihm.

Eine Hand streckte sie aus, umfasste seinen Schaft und führte ihn so zu ihrem Eingang. Er löste seinen Mund von ihrem und lehnte sich nach hinten, um ihr in die Augen zu sehen. *Ich will dich*, dachte sie und versuchte, diesen Gedanken an ihn weiterzuleiten.

Und er schien sie zu verstehen. Er stieß zu, vergrub sich tief in ihr. Dehnte sie, füllte sie.

Wieder und wieder drang er in sie, trieb sie mit jedem Stoß gegen die Wand der Höhle und setzte damit winzige Leuchtpartikel frei. Die Hitze seines Körpers verschmolz mit ihrer. Dieser Akt schien so weit mehr zu sein als nur körperlich. Mehr als ein triebgesteuerter Instinkt: Es fühlte sich spirituell an, einzigartig, und zum ersten Mal verstand sie, warum ihre Schwestern nicht genug von diesem Gefühl bekamen.

Es fühlte sich an, als würde er sie kennen. Als hätte er Zugang zu ihren dunkelsten Geheimnissen und ihren wahnwitzigsten Wünschen.

Niemals durfte es enden. Niemals wollte sie getrennt von ihm sein. Sie packte ihn und wurde von einem zweiten, noch zerstörerischen Orgasmus mitgerissen.

Nur wenige Sekunden später vergrub er sich ein letztes Mal in ihr. Sie fühlte, wie sein Sperma in sie schoss, und sie erschauerte bei der Empfindung.

Während ihrer Nachbeben hielt er sie sicher in den Armen, seine Wärme ging auf sie über, füllte sie, nahm sie in Besitz. Ihr Kopf drehte sich. Sie wusste nicht genau, wo sie aufhörte und Cruz begann. Bilder erschienen vor ihrem inneren Auge: Lichter, Gesichter, Dinge, die sie nicht verstand. Dann, unerwartet, trat aus dem Nebel ein Satz hervor: *Was für ein Orgasmus. Wie kann ein Fisch nur so verdammt heiß sein?*

Innerlich lachte sie. *Ich bin kein Fisch.* Niemals würde sie sich selbst als Fisch bezeichnen. Plötzlich wurde ihr klar, was gerade passierte und die Befriedigung in ihrem Herzen löste sich auf. Es kam vor, dass ein Meermann und eine Meerfrau einen Bund eingingen, der so stark war, sodass sie die Gedanken des jeweils anderen hörten. Verbindungen dieser Art wurden von Meerfrauen als wertvoll angesehen, da sie auf diese Weise in der Lage waren, eine vernichtende Kontrolle auf den hilflosen Gefährten auszuüben. Noch vernichtender. Sie hatte nicht gewusst, dass dies auch mit Menschenmännern möglich war.

Seine Gedanken sprachen von höchster Zufriedenheit. Glückseligkeit. Seine Hände wanderten über ihren Rücken nach unten, packten ihr Hinterteil. *Kein Fisch. Eine mythologische Kreatur. Eine Frau.* Er zog sie eng an sich. *Meine mythologische Frau.*

Trotz des Entsetzens, dass er nun unter ihrer Kontrolle stand, entlockten ihr seine Gedanken ein Lachen. Er war in ihrem Verstand genauso erfrischend, wie er das in Gebärdensprache war. Vielleicht sogar ein wenig mehr. Nur wünschte sie, dass die Verbindung nicht einseitig wäre. Sie glitt mit den Fingerspitzen über seine stoppelige Wange. *Ich wünschte, du könntest mich hören, Cruz.*

Seine Wimpern flatterten und er fand ihren Blick, seine Pupillen noch immer von der eben erlebten Ekstase geweitet. *Reiß dich zusammen, Cruz, du kannst ihre Gedanken nicht hören.*

Sie runzelte die Stirn, ihr Wunsch wandelte sich zu Bestürzung. Hatte er gerade gemeint, dass er sie hören konnte?

Seine Augen fielen auf ihren Mund. *Was passiert hier? Ich könnte schwören, dass sie mit mir spricht. Kann die Magie der Meerfrauen das Gehör wiederherstellen?*

Unbändige Panik ergriff von Ebby und sie schob ihn von sich. Sie konnte ihn hören, was bereits selten genug war. Doch er konnte sie auch hören und das bedeutete … das bedeutete … Gefährten-Bund. Nein, das durfte nicht sein! Sie war eine Meerfrau. Sie sollte gegen diesen Bund immun sein. Mit Bedacht schickte sie den nächsten Gedanken: *Cruz, kannst du mich hören?*

Er blinzelte, einmal, zweimal, runzelte die Stirn und nickte dann. *Meerfrauen-Magie?*

Es fehlte nicht viel und die Emotionen, die durch sie strömten, würden zu einer Ohnmacht führen. Sie erinnerte sich an die Ausflüge zu den Wilden Tiefen mit ihrem Vater, wo sie die uralten Blauwale über wahre Gefährten und verlorene Magie hatte singen hören. *Etwas Mächtigeres. Nur wahre Gefährten können die Gedanken des jeweils anderen wahrnehmen.*

Wahre Gefährten? Fragend neigte er den Kopf, zog beide Augenbrauen in die Höhe. Er schien mit dem Kopf-Reden kein Problem zu haben.

Ganz im Gegensatz zu Ebby. Sie hatte sich für das weibliche Geschlecht entschieden, um nicht Opfer dieses Bundes zu werden. Ein Gefährten-Bund sorgte nur für Herzschmerz und ein langsames, trostloses Dasein. Ihr Vater war der beste Beweis dafür. Das konnte nicht sein. Das durfte nicht sein! Voller Entsetzen wich sie von ihm zurück, ihre Hände abwehrend vor ihrem Körper positioniert.

Besorgt streckte Cruz die Hand nach ihr aus. *Ebby?*

Auf keinen Fall durfte er sie erneut berühren, sonst würde er wieder ihre Begierde entfachen. Er verstand nicht das Ausmaß. Das Wort *verdammt* hallte als Echo durch ihren Kopf. Ebby wirbelte herum und schwamm aus der Höhle, vorbei an den anderen Meerfrauen, während sie Cruz ihren Namen schreien hörte.

Gelächter filterte durchs Wasser, was Cruz' Stimme übertönte.

„Wir wussten, dass du bald ein Einsehen haben würdest, Schwester!" Urokotoris Worte waren in der Lage, Ebby aus ihrer Verwirrung herauszuziehen. Stattdessen verspürte sie nun Zorn.

Sie drehte sich um und fand sich Selachii gegenüber. Blitzschnell riss die Meerfrau mit dem violetten Schwanz Ebby die Kette vom Hals und nahm die Harfe an sich.

Ebby reagierte sofort, wollte sich ihr Eigentum zurückergattern, doch der Drückerfisch schnappte mit seinem kräftigen Kiefer nach ihren Fingern. Eine andere Art der Bestürzung erhob sich in Ebbys Brust. „Gib es mir zurück!"

Selachii glitt über die Saiten, entlockte dem Instrument eine berauschende Melodie, die Ebby in eine Erinnerung an ihre Mutter schleuderte. Die Harfe hatte immer die Ankunft ihrer Mutter angekündigt, woraufhin sich Ebby für den Zeitraum ein Versteck gesucht hatte.

„Wo hast du die Harfe her, Schwesterchen?" Selachii summte im Einklang mit dem Instrument.

Siegreich umkreiste der Drückerfisch Selachiis Taille.

„Sie gehörte meiner Mutter", presste Ebby heraus. Wie dämlich sie doch war. Warum hatte sie dieses wertvolle Stück aus der Höhle geschafft?

Urokotori kam neben ihrer violetten Artgenossin an. „Lass mich das sehen."

Selachii fletschte die Zähne. „Denke nicht mal daran, mir die Harfe wie beim letzten Mal zu entreißen." Ihr Blick fiel auf das Instrument um Urokotoris Hals. „Diese verfügt über neun Zinken."

„Die Größe des Instruments spielt keine Rolle." Urokotori schob sich ihre Haare aus dem Gesicht und hob trotzig das Kinn, ohne den Blick jemals von den Zinken zu nehmen, die auf groteske Weise zwischen Selachiis beharrlichem Griff herausragten. „Sondern wie du es handhabst. Du wirst viel Übung brauchen."

Selachii entließ einen genervten Schrei, ihre lilafarbenen Haare blähten sich um ihren Kopf auf wie ein Kugelfisch. Für einen Moment zögerte sie, schließlich schwamm sie zum Algenwald und verschwand darin mit ihrem Haustier.

„Warte!", kreischte Ebby und spannte ihre Muskeln an, um ihr zu folgen.

Die starken, unnachgiebigen Krallen Urokotoris packten ihr Handgelenk und rissen sie zurück an ihre Seite. „Oh nein, das wirst du nicht. Es wird Zeit, dass wir deinem kindischen Widerstand ein für alle Mal ein Ende setzen."

Die größere Meerfrau schwamm in die entgegengesetzte Richtung des Algenwaldes, in den Selachii verschwunden war, ihr Griff an Ebbys Arm unerbittlich.

Ebby ballte ihre andere Hand zu einer Faust und jagte diese in Urokotoris Niere. Die Meerfrau grunzte und ihr Halt lockerte sich. Ebby konnte sich losreißen und raste zur Höhle.

Urokotori zupfte an einem Zinken ihrer Harfe und ein ganzer Schwarm aus Gelbbauch-Seeschlangen tauchte hinter dem Felsen auf. Erfolgreich stoppten sie Ebby, wickelten sich eng um ihren Hals und ihre Arme. Ein giftiges Biest sah ihr direkt in die Augen, das Maul bedrohlich aufgerissen.

Ebby erstarrte und ließ sich von der Strömung zu Urokotori zurücktreiben. Generell galten Seeschlagen nicht als aggressiv, doch unter dem Einfluss einer Meerfrau wurden sie zu den tödlichsten Kreaturen im gesamten Ozean.

Urokotori kämmte mit den Fingern durch Ebbys Haare, als wären sie die besten Freunde. Dann packte sie gewaltsam ihren Arm. „Du bist jämmerlich. Mit dieser Harfe hättest du die mächtigste Meerfrau aller Zeiten werden können. Nun hat sich diese Idiotin Selachii das Instrument unter den Nagel gerissen. Was für eine Verschwendung."

Ebby hakte sich mit ihrer Schwanzflosse an einem Felsen ein, um Urokotoris Fortschritt zu bremsen. „Du wirst ihr nicht erlauben, es zu behalten, oder?"

„Natürlich nicht." Urokotori riss sie mit sich. „Sobald ich mich um dich gekümmert habe, werde ich sie suchen."

„Um mich kümmern? Was soll das bedeuten?"

„Wirst du schon sehen."

Nicht weit entfernt ragte der Mast des Sklavenschiffs in die Höhe, beleuchtet von vereinzelten Sonnenstrahlen, die es auf den Grund schafften. Ebbys Magen drehte sich. Vor Jahren war Ebby mit ihrem Vater auf Erkundungstour gegangen und die menschlichen Knochen bereiteten ihr auch heute noch Albträume. Ihr Vater war an dem furchtbaren Anblick vorbeigeschwommen, den schweren Eisenfesseln, die um die Handgelenke und Fußknöchel der Sklaven befestigt waren, auf der Suche nach den Mannschaftskajüten.

Vom Bug des Schiffs zerrte Urokotori sie zum Eingang.

„Lass mich los. Wir haben Wichtigeres zu tun. Wir müssen die Harfe finden, bevor Selachii herausfindet, wie sie funktioniert." Ebby wollte auch vermeiden, dass Urokotori das Instrument in die Finger bekam. Was also tun? „Du willst doch nicht, dass sie stärker wird als du, oder?"

Die rote Meerfrau schien sie vollkommen zu ignorieren, schubste sie durch einen Flur, tiefer in das dunkle Schiff. Hier unten gab es kein Sonnenlicht, doch Ebby konnte, wie jede Meerfrau, im Dunkeln sehen und was sie sah, war aufs Neue erschreckend: ein Skelett, dann noch eines und schon wieder, überall. Eine feine Schicht aus Sand bedeckte die Überreste, der Horror nur allzu deutlich zu erkennen. Eine Reihe des Todes folgte der Nächsten, mit Menschen, die auf qualvolle Weise ertrunken waren, angekettet am Holzboden und ohne die Aussicht auf ein Entkommen.

Die Seeschlangen wurden immer ungeduldiger, festigten ihre Körper um Ebbys Hals. Eine ruckartige Bewegung – und das wär's. Ein Summen bildete sich in ihrer Kehle. Ihr Instinkt riet ihr, zumindest den

Versuch zu unternehmen, dem Einfluss der Meerfrau auf die Seekreaturen entgegenzuwirken. Ohne die Harfe war ihre Chance minimal, jedoch könnte ihr die Nähe zu den Schlangen zum Vorteil reichen. Sie öffnete den Mund, um eine Anweisung loszuwerden, als sich plötzlich ein kaltes Gewicht um ihr linkes Handgelenk legte.

„Sehr schön", sagte Urokotori. „Das wollte ich schon die ganze Zeit machen."

Die Eisenfessel kratzte über Ebbys Haut, führte an einer langen Kette zum Holzboden.

Urokotori schnalzte mit der Zunge, womit sie die Schlangen von ihren gedanklichen Fesseln befreite. Sie ließen los und schwammen davon. Erfolglos riss Ebby an der Kette, das Metall klirrte und rasselte. „Was soll das werden? Hast du einen Schlüssel dafür?"

Urokotori wedelte unbekümmert mit der Hand. „Irgendwo sicher. Sobald du deine Lektion gelernt hast, werde ich ihn ausfindig machen."

„Welche Lektion?" Ebby erinnerte sich an die Ausflüge mit ihrem Vater, an das Geröll im Schiff. Hier einen Schlüssel zu finden, war so gut wie unmöglich.

„Mach dir keine Sorgen. Ich komme bald zurück und bringe dir deinen dämlichen Menschenmann mit." Urokotori schwamm zum Ausgang in der Decke.

Ebby riss erneut an ihrer Fessel, das unnachgiebige Metall bohrte sich in ihre Haut. „Nein! Du hast gesagt, du würdest ihn freilassen!"

Urokotori drehte sich zu ihr, eine dunkle Silhouette in den Schatten ihres Gefängnisses. „Ich meinte nur, dass ich ihn aus der Höhle lasse. Was findest du nur an diesem Landläufer?" Ohne Ebby Gelegenheit zu geben, die Frage zu beantworten, wirbelte sie herum und verließ das Innere des Schiffs. Vom Korridor trat ihre Stimme an Ebbys Ohren. „Nicht, dass es eine Rolle spielt. Bald wirst du erfahren, wie zerbrechlich Menschen sind."

„Komm zurück! Du kannst mich nicht hier zurücklassen!"

Als Antwort erhielt sie nur das gelegentliche Knacken des Schiffs, das in der Strömung wankte.

11

Cruz schwamm in der Höhle im sicheren Abstand zum Kraken von einer Wand zur anderen, vor und zurück. Seine Verwirrung zerriss ihn innerlich. Immerhin war Ebbys Stimme in seinem Kopf das Intimste, was er jemals erlebt hatte. Auf eine gewisse Art und Weise sogar befriedigender als Sex. Dass sie plötzlich davongeschwommen war, hatte ihn tief getroffen. Ob er in ihrem Verstand genauso unbeholfen klang, so wie er das tat, wenn er normal sprach? Menschen konnten gemein sein, hatten sich so oft in seinem Leben über seine Beeinträchtigung lustig gemacht. Er glaubte jedoch nicht, dass er mit seiner Stimme jemals jemanden in die Flucht getrieben hatte.

Die ganze Situation war einfach daneben. Warum war Ebby geflüchtet? Sie schien zu denken, dass er ihr wahrer Gefährte war. Natürlich hatte er keinen Schimmer, was das bedeutete. Dafür wusste er nicht genug über Meerfrauen und ihre Motive.

Schließlich bestand die Möglichkeit, dass sie schon seit ihrem ersten Treffen, seine Gedanken lesen konnte. Hatte sie so die Gebärdensprache in Höchstgeschwindigkeit erlernen können? *Scheiße.* Hatte sie ihn die gesamte Zeit angelogen? So hatte es sich nicht angefühlt. Oder waren ihre Befürchtungen wahrgeworden: Hatte sie sich nach dem Verlust ihrer Jungfräulichkeit wie die anderen in ein Monster verwandelt? In einem Punkt war er sich sicher: Eher würde sie flüchten, als ihn zu verletzen.

Also doch kein Monster?

Er schüttelte den Kopf und tätschelte den Pfeil, immer mit Vorsicht, um sich an der Spitze nicht zu verletzen. Mit der Hilfe von Ebbys Krebs hatte er den elfenbeinfarbenen Splitter bergen können. War das Gift stark genug, um einen Kraken zu töten? Aus den Augenwinkeln sah er zum Höhlenausgang. Für einen Versuch müsste er dem Tier näherkommen.

Langsam tat er genau das, den Pfeil sicher in der rechten Hand. Er nahm wahr, wie ihn der Krake beobachtete, und rief sich den harten Schlag in Erinnerung, den er sich das letzte Mal eingefangen hatte, als er etwas Derartiges versucht hatte. Was, wenn die Kreatur ihn nun umbrachte? *Fuck.* Niemals würde es ihm gelingen, das Tier rechtzeitig auszuschalten. Er befestigte den Pfeil am Saum seines Seidenkilts. Nutzlose Waffe. Er konnte nur bangen, wer zuerst zu ihm zurückkam: Ebby oder eine ihrer Artgenossinnen.

Als schließlich die Silhouette einer Meerfrau vor der Höhle zu sehen war, zwang sich Cruz, die Finger von dem Pfeil zu lassen. Wenn es Ebby war, wollte er sie nicht versehentlich verletzen, und wenn es eine von den Anderen war, wäre der beste Plan, zunächst aus der Höhle zu fliehen, da er sich sonst mit einer sterbenden Meerfrau einschließen würde.

Blau gefiltertes Sonnenlicht erleuchtete den Meerfrauenschwanz. Es erinnerte ihn an violettes Krepppapier. Nun wusste er, wer draußen lauerte: Die Meerfrau, die ihm den Atem gestohlen hatte. Sein Puls nahm Tempo auf, als sie gefolgt von einem riesigen Drückerfisch in die Höhle schwamm. Sang sie, um Kontrolle über ihn zu gewinnen? Davon musste er ausgehen.

Er gab vor, unter dem Einfluss ihres Liedes zu stehen, näherte sich, bis er ihre Gesichtszüge besser erkennen konnte. Ihre amethystblauen Augen musterten ihn, ihre Lippen provokativ geteilt. Dann hob sie ihre Hände und er sah die Harfe mit den neun goldenen Zinken. *Die gehört Ebby!* Grauen erfüllte ihn. Ebby hatte deutlich zum Ausdruck gebracht, dass die anderen das Instrument nicht in die Finger bekommen durften. Da nun diese Meerfrau die Harfe im Besitz hatte, musste Ebby in Gefahr schweben.

Oder war sie tot? Er schüttelte den Gedanken ab, weigerte sich, dieses Szenario zu glauben. Zu akzeptieren.

Die violette Meerfrau zupfte an den Saiten, die Höhlenwände antworteten mit einem Aufleuchten. Obwohl er nichts hörte, waren die Vibrationen jedoch so stark, dass sich etwas in seiner Mitte regte. Ebby hatte erwähnt, dass die Harfe dazu fähig war, die Kräfte einer Meerfrau zu verstärken. Hier hatte er den Beweis. Trotz seiner Gehörlosigkeit reagierte sein Körper auf sie.

Er schluckte schwer und schwamm in Reichweite ihrer Arme. Der Drückerfisch hüpfte hinter ihr auf und ab, schnappte nach ihm. An die Harfe oder ihr Lied brauchte er im Moment keinen Gedanken verschwenden. Er war in dieser Höhle gefangen, es sei denn, er könnte sie davon überzeugen, ihn rauszubringen. Zwar hasste er es, sich vor ihr zu enthüllen, dennoch schob er den Seidenstoff beiseite, umfasste seinen Schwanz und arbeitete einer erzwungenen Erektion entgegen. Mit der anderen Hand deutete er auf den Ausgang der Höhle.

Sie grinste und streckte den Arm nach ihm aus.

Wiederholt wies er auf den Ausgang, während er versuchte, einen verführerischen Blick aufzulegen.

Sie schien zu überlegen, ihre Augen schweiften angewidert über die Wände der Höhle. Eine Sekunde später zeigte sich ein breites Grinsen, als wäre ihr die perfekte Lösung eingefallen. Sie sah über ihre Schulter und glitt mit den Fingerspitzen über die Saiten.

Der Krake schwoll an, bebte, bevor er unerwartet verschwand. Indessen schwamm der Drückerfisch in engen Kreisen um die Meerfrau, flatterte aufgeregt mit den Flossen, was Cruz an einen Siegestanz erinnerte.

Sie wandte sich wieder Cruz zu und ihre Augen flammten auf. Mit einem klauenartigen Finger lockte sie ihn zu sich.

Cruz' Herz drohte, ohne ihn aus der Höhle zu flüchten. *Geduld.* Er konnte nicht sicher sein, dass der Krake verschwunden war. Er behielt seine vorgetäuschte Begierde nach ihr aufrecht und nahm ihre Hand. Um von dem Pfeil Gebrauch zu machen, müsste er ihr nah sein. Sobald sie dem Gefängnis entkommen waren, würde er sie damit attackieren und flüchten.

Unerwartet und geschmeidig zog sie ihn an sich, führte ihn ins Licht und setzte sich urplötzlich in Bewegung.

Korallen und Felsen flogen in Lichtgeschwindigkeit an ihm vorbei.

Nach ein paar Minuten lockerte sich ihr Griff ausreichend, sodass er seine Fassung wiedererlangen konnte. Ihre Hände legten sich auf seine Wangen und sie spitzte die Lippen für einen Kuss, zog ihn eng an sich.

Cruz fummelte an dem Saum des Seidenstoffs herum, tastete behutsam nach dem Ohrring, den er daran befestigt hatte. Wo war das verdammte Teil? Die Meerfrau presste ihren Mund auf seinen, suchte sich augenblicklich mit ihrer Zunge Zutritt. Ihre Krallen bohrten sich schmerzhaft in seine Wangen; dennoch zwang er sich, fügsam zu erscheinen. Um die Illusion aufrechtzuerhalten, zwickte er mit einer Hand in ihren Nippel; die andere hingegen versuchte, den Pfeil zu finden.

Gefunden. Brutal rieb sie sich an ihm. Es fehlte nicht viel und sie würde seine Lippen mit ihrem gewalttätigen Kuss zerfetzen. Wenn er nicht vorsichtig war, würde er den Pfeil fallen lassen. Oder noch schlimmer: Er würde sich selbst piksen. Müsste er die Spitze in sie jagen oder würde ein kleiner Kratzer ausreichen? Er konnte es nicht riskieren, zu versagen. Ihm blieb nur eine Chance: Also holte er aus und bohrte ihr den Pfeil in ihren Unterarm.

Ihr Körper erstarrte. Sie senkte den Blick auf ihren Arm und versuchte sofort, den Pfeil herauszuziehen. Es gelang ihr, doch ihr Erfolg wurde von einem Schwall Blut begleitet. Dann wandte sie sich ihm zu, ihr wütender Blick auf ihn gerichtet, und festigte den Griff um seinen Arm.

Sein Herz rutschte zum Meeresgrund. Es hatte nicht funktioniert. Mit seiner Aktion hatte er nur erreicht, sie fuchsteufelswild zu machen. Er bereitete sich auf den tödlichen Angriff ihrerseits vor.

Plötzlich krümmte sie ihren Rücken und ihre Hand um seinen Arm fühlte sich wie das scharfe Gebiss eines Hais an. Sie riss den Mund auf, enthüllte ihre unheimlichen Zähne. Zum Schutz positionierte er seinen freien Arm vor seinem Gesicht. Anstatt ihre Zähne zu benutzen, schlug sie mit ihrer Schwanzflosse gegen seine Rippen. Er schnappte nach Luft. Noch immer in ihrer Gewalt fielen sie zusammen in Richtung Meeresgrund. Wie in einer Achterbahn vergaß er, wo oben und unten war. An Felsen und Korallen rauschten sie vorbei. Spitze Kanten verwundeten ihn an der Schulter, verletzten ihn am Knie. Er versuchte, sich aus ihrem Griff zu befreien, doch es war bereits zu spät.

Der Aufprall schenkte ihm seine Freiheit, ihre Hand löste sich von seinem Arm und er atmete tief ein, während die Meerfrau sich vor Schmerz krümmte und dabei eine Sandwolke lostrat. Ein letztes Mal drückte sie den Rücken durch, ihre leeren Augen gerichtet auf die Sonnenstrahlen, die es bis in diese Tiefen schafften. Sein Blick fiel auf die goldenen Zinken, die im schwachen Licht funkelten.

War sie wirklich tot? Obwohl seine Instinkte ihm befahlen, zur Oberfläche zu schwimmen, musste er sichergehen und näherte sich ihrem Körper. Ihr Meerfrauenschwanz zuckte, aber ihr ausdrucksloses Gesicht gab ihm Mut. Abgebrochene Zinken lagen um sie verteilt, doch die Harfe wies noch immer zwei Saiten auf. Er griff nach dem Instrument. Hatte es nun an Macht eingebüßt? Ihre violetten Haare hatten sich in den Gliedern der Kette verheddert, dennoch schaffte er es, die Harfe an sich zu nehmen.

Mit der Befürchtung, dass sie vielleicht wieder zu Bewusstsein kam, ging er langsam auf Abstand. Doch sie blieb leblos, die Sandwolke bedeckte nach und nach ihren Körper.

Er stieß sich von dem Schauspiel am Meeresgrund ab und sah sich um. Durch den Fall befand er sich nun in einer Schlucht zwischen korallenbesetzten Felsen. Der Anblick löste eine unwillkommene Erinnerung in ihm aus: Als er einen Abhang hochgeklettert war, seine tote Mutter noch immer in dem Autowrack gefangen.

Er packte die Harfe fester. Er musste Ebby finden. Er wusste einfach, dass sie in Schwierigkeiten steckte. Sonst hätte sie das Instrument niemals aus der Hand gegeben.

Auf keinen Fall würde er verschwinden, bevor er nicht wusste, dass sie in Sicherheit war. Schließlich hatte sie sich für ihn gegen ihre eigenen Artgenossen gestellt. Sie hatte ihn mit Nahrung versorgt, hatte sogar Gebärdensprache für ihn gelernt und ihn für ihr erstes Mal gewählt. Ihre Worte über wahre Gefährten trieben ihn an: Er trat mit den Beinen und ließ den Blick über die Felswand schweifen. Er nahm an, dass die Meerfrau ihn auf eine Fahrt durch die Strömung mitgenommen hatte. Das war aber nur eine Vermutung.

Sein Blick fand die Strömung. Zurückzugehen, könnte gefährlich sein, aber Ebbys Haustier befand sich noch in der Höhle und es könnte bei der Suche nach ihr hilfreich sein.

Entschluss gefasst folgte er der Strömung zum Algenfeld, das er als Deckung verwenden wollte, während er sich der Höhle näherte. Sein Arm schmerzte, der Griff der Meerfrau hatte seine Spuren hinterlassen, die Krallen so scharf, dass er blutete. Jedoch war es nicht so schlimm, dass er sich um Haie Sorgen musste. Er schwamm, nahm immer wieder die glitschigen Algenstängel zur Hilfe, um voranzukommen. Langsam machte er Fortschritte, bewegte sich durch das Feld, das ihn mehr an einen Wald erinnerte, ohne jemals den Blick von der Felswand zu nehmen. Kleine Fische in Silber, Türkis und Orange kamen neugierig auf ihn zu, zuckten dann panisch aus dem Weg. Wie weit unter der Wasseroberfläche befand er sich? Es fühlte sich merkwürdig an, so ganz ohne Ausrüstung durchs offene Meer zu schwimmen. Er atmete ein, erneut begeistert von diesem Zauber. Wie lange würde er noch anhalten?

Ein dunkler Fleck an der Felswand erregte seine Aufmerksamkeit. Er stockte und beobachtete die Szenerie durch die schwankenden Blätter. Es sah wie die Höhle aus, in der er festgehalten worden war. Hielt der Krake noch immer davor Wache? Mit beiden Händen packte er Stängel, lehnte sich vor und verengte die Augen. Auf dem Sandboden bewegte sich etwas. Sein Puls beschleunigte sich, als acht Arme, vier knochenlose Armpaare sich drehten und verrenkten, um den Körper des Biestes in die Richtung des Waldes zu manövrieren.

Für einen kurzen Moment fragte sich Cruz, ob der Krake ihn entdeckt hatte, doch dann bemerkte er einen kleinen Hügel im Sand, der die riesige Kreatur zu motivieren schien. Beute? Urplötzlich stoppte der

Hügel, der Krake tat es ihm gleich. Nun erkannte Cruz, um was es sich bei dem Sandhügel handelte. Ebbys Haustier. Der Fangschreckenkrebs unternahm einen Fluchtversuch.

Der Krake setzte zum Angriff an. Der Krebs stellte sich dem übermächtigen Gegner, richtete sich auf die Hinterbeine auf und hob die Scheren wie ein Boxer. Cruz hatte gelesen, dass diese Waffen eine ähnliche Durchschlagskraft hatten wie eine abgefeuerte Kugel. Stark genug, um Glas zu brechen, aber hätte er gegen diesen Gegner eine reale Chance? Mit Testattacken versuchte der Krake, seine Beute zu verunsichern. Der Krebs schien alle Tricks zu kennen und tippelte angriffslustig auf seinen Hinterbeinen vor und zurück.

Cruz packte die Stängel in seinem Versteck fester, nicht sicher, wie er vorgehen sollte. Der Krebs war chancenlos, doch auch Cruz würde gegen den Kraken niemals ankommen! Seine Brust schmerzte noch immer von dem Schlag, den er in der Höhle hatte einstecken müssen. Ebbys Haustier als Mahlzeit für die Kreatur zurückzulassen, gefiel ihm nicht. Er senkte den Blick auf den Meeresgrund, suchte nach etwas zum Werfen. *Unter Wasser? Sehr effektiv, du dumme Nuss.* Er war im Besitz der Harfe, allerdings war er keine Meerfrau und singen konnte er schon gar nicht. Könnte er dem Kraken einfach die Anweisung geben, zu verschwinden?

Rechtzeitig blickte er wieder zu dem Überlebenskampf, denn der Krebs wagte einen Angriff. Er schoss auf den Kraken zu, beinahe zu schnell, um es mit dem bloßen Auge zu erfassen. Alle acht Arme der riesigen Kreatur spannten sich an. Der Krebs stieß sich von dem Körper des Kraken weg, änderte damit seine Richtung und flog auf den Algenwald zu. Hinter ihm fiel der Krake wie ein Brett auf den Sandboden.

Heilige Scheiße! Hatte der kleine Krebs gerade den Kraken getötet? Oder nur gelähmt? Was auch beeindruckend wäre. Er schob ein Algenblatt zur Seite, observierte den Kraken. Ein paar Sekunden später erwachte er wieder zum Leben und kroch benommen in seine Höhle.

Cruz ließ sich auf den Boden runter und hielt nach Ebbys Haustier Ausschau.

Er fand ihn. Der kleine Kerl versteckte sich zwischen einer Gruppe Seeigel. Würde er Cruz als seinen Freund erkennen? So wie er das bei Ebby beobachtet hatte, streckte er seine rechte Hand aus.

Der Krebs winkte mit seinen Antennen, blieb jedoch in seinem Versteck zwischen den giftigen Stacheln.

Er konnte den Kleinen verstehen. Normalerweise suchte er Krustentiere aus einem anderen Grund. Vielleicht, wenn er ihm deutlich machte, dass er ihn nicht verletzen würde? Er öffnete die Hand, zeigte dem Krebs die Harfe auf seiner Handfläche. Möglicherweise war ein vertrautes Objekt in der Lage, ihn anzulocken.

Der Krebs schoss auf ihn zu und Cruz zuckte in der Erwartung zusammen, nun wie der Krake zu enden. Ihm wurde das Instrument entrissen und schon krabbelten spitze Beinchen über seinen Arm zu seinem Kopf. Auf seiner Schulter machte es sich der Kleine bequem. Er hatte für die bevorstehende Reise Platz genommen, die Harfe sicher zwischen seinen Scheren.

Erleichtert lächelte Cruz und formte mit den Händen: „Irgendeine Ahnung, wo Ebby sein könnte, Kumpel?"

Winzige Beine kitzelten seine Schulter und das Tier drehte sich in Richtung der Strömung.

Okay, der Strömung folgen. Geht klar.

Er schaffte es durch den Algenwald. Der Krebs kitzelte ihn die gesamte Zeit mit seinen Beinen. Wie hielt das Ebby nur aus? War sie nicht kitzelig? Die Strömung hatte ihn an der Höhle vorbeigetrieben und ein paar Minuten später erreichte er die Grenze zum Algenwald. Der Boden fiel in einen Abgrund.

Im Canyon konnte er drei Masten von Schiffswracks sehen. Auf seiner Schulter regte sich der Krebs, hüpfte auf und ab, als würde er versuchen, Cruz anzutreiben.

Cruz strampelte auf der Stelle, sein Blick auf die unheimlichen Tiefen gerichtet. Er war ein guter Schwimmer, aber ohne Ausrüstung hätte er gegen Strömungen und größere Raubtiere nicht den Hauch einer Chance. Schließlich gab es im offenen Meer keine Verstecke. Auch Meerfrauen könnten ihn dann leicht erblicken.

„Sie ist dort unten? Bist du sicher?", formte er mit den Händen.

Das Tier antwortete, indem es von seiner Schulter sprang, die Harfe zwischen den Scheren, und direkt in den Abgrund tauchte.

Seufzend folgte Cruz, blieb jedoch zu Beginn in der Nähe des Abhangs. Hoffentlich interpretierte er die Reaktionen des Krebses nicht vollkommen falsch. Wenn er Pech hatte, war dies nicht mal Ebbys Haustier und er folgte einer völlig unbekannten Kreatur an einen gefährlichen Ort. Zumindest war die Strömung auf seiner Seite, schob ihn zu einem Schiffswrack. Was, wenn Ebby nicht dort drin war? An diese Möglichkeit wollte er gar nicht denken.

Je tiefer er kam, desto kälter wurde es, das Wasser trüb, bis er nur noch von blauen und grünen Schatten umgeben war. Sein Herz polterte in seiner Brust und seine Muskeln bebten vor Erschöpfung und Kälte. Jetzt käme ihm die Phytoplanktonwand aus der Höhle wirklich sehr gelegen.

Unter ihm verschwand der Krebs in einer schmalen Felszunge. Cruz schwamm vorbei und erkannte, dass das Tier nicht wieder auftauchte. Er drehte um, da er vermutete, dass der Krebs vielleicht umgekehrt war. Dann erstarrte er. Aus den Augenwinkeln nahm er etwas wahr. Wenige Meter über ihm.

Eine Meerfrau.

Ohne Eile bewegte sie sich fort, lange Haare wie eine Wolke um ihren Kopf. *Ebby?*

Plötzlich änderte sie ihre Schwimmrichtung und kam direkt auf ihn zu.

Im schwachen Licht dauerte es eine Weile, bis er blutrote Lippen und ein raubtierartiges Grinsen ausmachen konnte.

*E*bby riss an der Kette, die Glieder rasselten bei ihren verzweifelten Bemühungen. Ihr Handgelenk pochte, Blut vermischte sich mit dem trüben Wasser im Bauch des Schiffs. Dennoch waren Haie das Letzte, was ihr gerade durch den Kopf ging.

Seit einer halben Ewigkeit versuchte sie, Cruz mit ihren Gedanken zu erreichen, um ihn zu warnen. Wie es schien, war die mentale Verbindung wohl abhängig von einer gewissen Nähe. Warum war sie nur aus der Höhle geflohen! Dadurch hatte sie nicht nur ihre Harfe verloren, sondern hatte Cruz der Gnade der anderen Meerfrauen überlassen. Alles, was sie getan, was sie geopfert hatte, war umsonst gewesen. Sie dachte an seine Stimme in ihrem Kopf, an die Verbindung, von der sie nicht mal hätte zu träumen gewagt. Sie hätte diesen besonderen Moment mehr genießen, darin schwelgen sollen. Stattdessen war sie geflüchtet! Ein Gefährten-Bund war so selten, dass er sogar als unmöglich galt! Und sie hatte diese seltene Chance verspielt.

Ein vertrautes Lied gewann außerhalb des Schiffs an Lautstärke, die wohlklingenden Töne von Urokotoris verführender Magie näherten sich. Ihre Schwester schien Cruz bereits gefunden zu haben. Ebby drehte sich der Magen um, als sie einen neuen Versuch wagte: *Cruz, kannst du mich hören?*

Seine Stimme betrat ihren Verstand, panisch und keuchend: *Ebby? Ebby, wo bist du?*

Er lebte! *Cruz! Hast du den Pfeil dabei? Benutze ihn! Jetzt! Dann musst du fliehen!*

Ich habe ihn bereits an der violetten Meerfrau benutzt. Cruz' Stimme klang angespannt, als würde er durch zusammengepresste Zähne zu ihr sprechen.

Ihr wurde schlecht. War er verletzt? Sie hätte sich eigentlich denken können, dass sich Selachii ein Testobjekt für ihre neue Harfe suchen würde. Dann kam ihr ein erschreckender Gedanke: Selachii war tot. Bedeutete das, dass Urokotori nun ihre Harfe hatte? Das würde sie unbesiegbar machen. Ebby drehte und beugte ihre Hand, in dem Versuch, sich von der Fessel zu befreien. Es führte jedoch nur zu mehr Schmerz.

In der Deckenluke tauchte ein Tentakelarm auf, dann noch einer und ein weiterer. Ebby schnappte nach Luft, als Timuri in den Bereich einfiel. Seine Haut pulsierte in einem wütenden Orange, doch er attackierte sie nicht. Stattdessen zog er sich in eine Ecke zurück und wartete auf Befehle seiner Herrin. Es dauerte nicht lange, bis Urokotori erschien, mit Cruz im Schlepptau. Er wehrte sich gegen ihren Griff, ohne Erfolg. *Ebby, bist du hier? Ich kann kaum etwas sehen.*

Ich bin hier, Cruz. Ebby sang eine wankende Note, welche die wenigen Phytoplanktonpartikel zum Leuchten brachte. Das helle Grün ließ seine frischen Wunden und die blauen Flecke erschreckend aussehen. *Du bist verletzt!*

Es geht mir gut. Sein Ton strafte seinen Worten lügen.

„Dein Landläufer hat Selachii irgendwie davon überzeugt, ihn aus der Höhle zu lassen." Urokotori schubste ihn in die Richtung ihres Haustiers, das sogleich mehrere Arme um Cruz' Gliedmaßen wickelte. „Und er scheint gegen mein Lied immun zu sein."

Oh nein! Wenn Urokotori ahnte, dass er taub war, wer wusste dann schon, was sie mit ihm anstellte. Würde sie ihn foltern? *Warum hast du nicht vorgegeben, sie zu hören?*

Sie hat mich bei der Suche nach dir überrascht.

Der Krake führte den strampelnden Mann zu seinem Schnabel. Urokotori sprach einen Befehl aus, um das Tier zu stoppen. Schnabel klappernd, Körper bebend, offensichtlich gegen ihre Anordnung ankämpfend.

Ebby kam eine Idee für eine Ablenkung. „Du scheinst Probleme mit der Kontrolle über dein Haustier zu haben, Urokotori. Dein Lied ist wohl doch nicht so stark, wie du immer behauptest."

Die Meerfrau schwamm zu ihr und zeigte mit einem bedrohlichen Finger auf sie. „Er ist aufgewühlt, weil dein Haustier ihn angegriffen hat!"

Ebbys Kehle schnürte sich zu. Sie hatte Kato zusammen mit Cruz in der Höhle zurückgelassen. Ja, ihr kleiner Freund konnte hart zuschlagen, aber sie bezweifelte, dass er gegen eine Kreatur wie Timuri ankam. Armer Kato, eine Mahlzeit für das Biest. Tiefer Kummer erfüllte sie, ihr Sichtfeld verschwamm unter aufsteigenden Tränen. Jeder, der ihr etwas bedeutete, fiel Urokotori früher oder später zum Opfer. *Oh, Kato!*

Mach dir keine Sorgen, tröstete Cruz sie. *Dein kleiner Krebs hat dem Biest einen Schlag verpasst und konnte fliehen.*

Ein schwaches Lächeln zeigte sich auf ihren Lippen. Ihr Gefährte sah sich einem furchtbar grausamen Tod gegenüber, dennoch schaffte er es, sie zu trösten. Sie hob ihr Kinn und funkelte Urokotori wütend an. „Die Größe spielt keine Rolle, sondern was du daraus machst."

Urokotori fauchte. „Wie ich höre, sehnst du dich nach einer Vorführung. Wie du wünschst." Sie befahl Timuri, Cruz' Gliedmaßen wie bei einer Opfergabe zu spreizen.

Cruz' Muskeln spannten sich an und er entließ ein Knurren, das eines Seelöwen würdig war. Unerwartet konnte er eine Hand aus der lebenden Fessel befreien und ausstrecken. Sein Ziel: Urokotoris Kehle.

Die Meerfrau wich begleitet von einem entzückten Laut aus, das leuchtende Plankton wirbelte um ihre Form. „Er ist bereit zum Spielen!"

„Lass ihn in Ruhe!" Ebby streckte sich, bis die Kette ihre volle Reichweite erreichte, nur wenige Zentimeter von Urokotoris Rücken entfernt. „Ich werde machen, was auch immer du willst!"

Urokotoris Blick haftete auf Cruz' schmerzerfülltem Gesicht, während er sich im Griff des Kraken krümmte. „So einen Spaß hatte ich schon lange nicht mehr!"

Urokotori glitt mit ihrer Schwanzflosse über seine Beine und Cruz fletschte seine stumpfen Zähne. Mit ihren Krallen fuhr sie von seiner Brust zu seinem Bauchnabel, genoss seinen bebenden Körper. Seine Bauchmuskeln spannten sich an, als er versuchte, sich von ihren Berührungen wegzudrehen.

Ebbys Blut kochte, jeder ihrer Herzschläge donnerte wie ein Countdown zu einem sicheren Ende. Sie musste ihren Gefährten beschützen!

Sie streckte sich und streckte sich, bis sie mit den Fingerspitzen Urokotoris schwarze Haare berührte. Ebby biss die Zähne zusammen, schob den Schmerz beiseite und gewann noch einen Zentimeter hinzu. Weitere Strähnen wickelten sich um ihre Finger. Schließlich ballte sie die Hand zu einer Faust und riss den Kopf ihrer Schwester nach hinten.

Blitzschnell schlug Ebby Urokotori mit ihrer Schwanzflosse gegen den Rücken, doch die Meerfrau drehte sich rechtzeitig weg und blockierte den Angriff mit ihrem Schwanz. Sie wirbelte um ihre eigene Achse und zuckte nicht einmal, als ihr Ebby dabei ein Bündel ihrer Haare rausriss. Dann kratzte sie mit ihren langen Nägeln über Ebbys Wange. Blut verteilte sich im Wasser.

Doch Ebby war nicht vollkommen hilflos, auch sie hob ihre freie Hand und holte mit ihren Krallen aus. Sie erwischte ihre Gegnerin am Arm.

Urokotoris Gesicht formte sich zu einer hässlichen Fratze. „Hast du endlich dein Rückgrat gefunden, kleine Schwester?"

„Befreie mich von der Fessel, dann können wir auf eine faire Art und Weise gegeneinander antreten." Ebby riss an der Kette. Wie konnte sie die Meerfrau zu sich locken, um ihre Kehle zu packen?

„Du weißt genau, dass ich für das Prinzip Fairness nichts übrighabe. Um dich kümmere ich mich, wenn ich deines Liebhabers überdrüssig bin. Ich bin neugierig, wie gefügig ich ihn ohne ein Meerlied machen kann." Mit einem Schlag ihrer roten Schwanzflosse schwamm sie davon, direkt zu Cruz, und rieb ihren Körper an seinem, ihre Hände bereits an dem Seidenstoff um seine Hüfte.

Cruz' Gedanken überschlugen sich mit Hilflosigkeit, Wut, Angst und Empörung.

Ebby fühlte genauso. Sie suchte den Boden nach einer Waffe ab, einer Ablenkung, irgendetwas, sodass sie Cruz zur Flucht verhelfen konnte. Zu ihrer Linken bewegte sich etwas unter den modernden Brettern. Kato zeigte sich zwischen einer Lücke und hüpfte heraus, seine winzigen Kiemen flatterten bei der Anstrengung. Wie die unteren Zähne bei einer Muräne ragten zwei goldene Zinken aus seiner Schere. *Meine Harfe?*

Schnell schnappte sie sich das Instrument. Nur zwei der neun Saiten waren noch erhalten. Sie sah zu Urokotori, deren Schwanz sich wie eine Schlange einrollte, während sie sich an dem Körper von Ebbys Gefährten rieb. Sie summte ihre entsetzlichen Pläne, obwohl er sie nicht hören konnte, erzählte ihm, dass sie ihn seines Spermas berauben wollte.

Hatte die kaputte Harfe noch genug Macht in sich, um Urokotoris Magie entgegenzuwirken? Timuri war nicht in bester Stimmung und Urokotori war damit beschäftigt, Cruz zu foltern. Wenn Ebby den Einfluss auf ihr Haustier durchbrechen und ihn stattdessen bitten könnte, den Menschen loszulassen, hätte er vielleicht eine Chance zu fliehen. Auf der anderen Seite könnte dadurch das wahre Ungeheuer in dem Kraken zum Vorschein kommen, das dann Cruz zerfetzen und anschließend verspeisen würde.

Doch was sollte sie sonst machen? Sie musste es riskieren.

Sie schluckte schwer, hob die Harfe und strich sanft über die Saiten, schickte eine bebende Note durch den Bauch des Schiffs. Das Plankton leuchtete auf. Sie packte das Instrument fester und stimmte ein Lied an. Sie sang von Frieden und Zärtlichkeit. Von Sonnenlicht und süßem Wasser.

Timuris Arme zitterten, lösten sich. Cruz konnte sich befreien.

Urokotori wandte sich ihr zu, blickte mit offenem Mund zu Ebby. „Wie kannst du es wagen?"

Ein Arm des Kraken schlängelte sich über Urokotoris Schulter. Sie drehte sich ihrem Haustier zu, spielte ihre kleinere Harfe. Ihre geübte Stimme übermannte das Tier und es rollte sich unterwürfig zusammen.

Was passiert hier gerade? Cruz trat mit den Beinen, schwamm auf sie zu.

Ebby durfte sich nicht ablenken lassen, weshalb sie ihm eine Antwort schuldig blieb.

„Dafür wird dein Menschenmann leiden!" Urokotori mischte Zorn in ihr Lied und gab dem Kraken die Anweisung, anzugreifen und zu töten.

Durch Timuri jagte ein Schauer, sein Schnabel öffnete und schloss sich, als unterschiedliche Befehl bei ihm ankamen.

Tief aus der Brust holte Ebby ihre Noten, strich brutaler über die Saiten, um gegen die Gewalt in Urokotoris Lied anzukommen. In dem Versuch, das

Biest zu beruhigen. Doch Jahre der Konditionierung hatten das Tier feindselig gestimmt. Ein langer Arm wickelte sich um Cruz' Knöchel.

Urokotori lachte, wechselte zwischen zwei Tonlagen, zu einer chaotischen Melodie, welche das Plankton unruhig flackern ließ. Timuris Haut verhielt sich ähnlich, änderte ruckartig von einer Farbe zur nächsten. Sein frustrierter Blick landete auf seiner Herrin, während er Cruz zu seinem Schnabel führte. Ebby schaffte es nicht, die Natur des Tieres zu brechen. Ein Krake wollte eben jagen und fressen. Urokotori musste also nur seine natürlichen Instinkte verstärken.

Die Antwort kam Ebby wie das Sonnenlicht, das sich am frühen Morgen in den Algenwald stahl: Sie musste aufhören, gegen Urokotoris Lied anzukämpfen.

Sie wechselte die Tonart, sang nach Rache sinnend, womit sie das Lied ihrer Schwester komplementierte. Es intensivierte.

Und es auf Urokotori umleitete.

Das Tier musste seit Jahren auf diese Gelegenheit gewartet haben. Blitzartig ließ Timuri von Cruz ab, schwoll in Größe an und ragte über seiner Herrin, die ihn so lange für ihre Zwecke benutzt hatte.

Urokotoris Lied schwang zu Panik um.

Im Bruchteil einer Sekunde hatte Timuri alle acht Arme um sie gewickelt und zu sich gezogen. Sein hungriger Schnabel schnitt in ihre Brust, Blut verteilte sich explosionsartig im Wasser. Ihr Schrei verstummte, als das Tier ihr das Herz aus dem Brustkorb riss.

Ebby unterdrückte ein Würgen und nahm aus ihrer Melodie die Brutalität heraus, bat den Kraken, sich für seine Mahlzeit einen ruhigeren Ort zu suchen.

Timuri änderte seinen Halt an der leblosen Meerfrau, um sich mit den freien Armen abzustoßen und durch die Deckenluke zu verschwinden.

Nachdem sich der aufgewirbelte Sand gelegt hatte, befreite sich Cruz von zerbrochenen Fässern und Kisten. Die rote Meerfrau war nicht mehr zu sehen. Nur Ebby war noch bei ihm, ihr apricotfarbener Schwanz und ihr rotbraunes Haar wie ein Leuchtfeuer im schwachen biolumineszierenden Licht. Über ihre mentale Verbindung hörte er, wie sich ihre Gedanken überschlugen, ihr internes Lied gleichzeitig grimmig und melodisch.

Cruz sah zu den dunklen Ecken, noch immer panisch, dass die rotschwänzige Meerfrau aus dem Nichts wieder auftauchte. Als sie das nicht tat, schwamm er auf Ebby zu und nahm sie in seine Arme. *Ebby, du musst nicht mehr singen. Sie sind weg.*

Ihr Lied verstummte, ihre Augen weit aufgerissen. *Oh Neptun, ich habe sie getötet.*

Ebby, das musstest du. Er legte die Arme fester um sie und fühlte ihren Schmerz, als wäre es sein eigener. Doch sie waren am Leben. Eine gute Sache. *Du hattest keine andere Wahl. Alles wird gut.*

Sie erstarrte. Ihre smaragdgrünen Augen trafen auf seine. *Du darfst mich nicht berühren.*

Hör auf, das zu sagen. Er zog sie noch enger an sich. Die Kälte in seinen Adern verschlimmerte sich, nun da das Adrenalin verflog. Er hieß ihre Wärme willkommen. *Nie wieder werde ich dich gehen lassen.* Die Zinken der Harfe zwischen ihnen bohrten sich in seine Brust. Dann nahm er seine freie Hand, um ihr das Instrument abzunehmen. *Wie bist du da rangekommen?*

Aus ihren Haaren im Nacken tauchte ihr Krebs auf, krabbelte auf ihre Schulter und wackelte fröhlich vergnügt herum.

Cruz grinste. *Was für ein Rockstar. Ich schulde dem kleinen Kerl was.*

Der Krebs kam vorwärts, schnappte sich die Harfe und krabbelte wieder in Ebbys Nacken. Cruz schüttelte den Kopf und schickte: *Du hast nicht übertrieben, als du meintest, dass die Harfe viel Macht innehat. Ich bin froh, dass du sie benutzt hast.*

Ich habe geschworen, niemals einer anderen Kreatur meinen Willen aufzuzwingen. Ebby schloss die Augen, legte die Stirn gegen Cruz' Schulter und ihr Körper erschlaffte. *Und nun ist Urokotori tot.*

Mit einem Finger unter ihrem Kinn hob er ihren Kopf, bis er ihr in die Augen sehen konnte. *Ich bezweifle stark, dass du den Kraken zwingen musstest, sie zu töten. Er schien diesen Gedanken seit Jahren gehabt zu haben. Und jetzt ist er frei, stimmt's? Wir waren nicht ihre einzigen Gefangenen.*

Ihre bebenden Arme legten sich zögerlich um seinen Oberkörper, die kalte Kette, die noch immer von ihrem Handgelenk zum Boden führte, rieb über sein Bein. *Ich denke, du hast recht.* Sie seufzte, kleine Bläschen lösten sich aus ihrem Mund. *Tut mir leid, dass ich Panik bekommen habe und dich in der Höhle zurückgelassen habe, nachdem wir ...*

Der Rest des Satzes hing zwischen ihnen und auf der Stelle spürte er, wie sein Schwanz zuckte. Ihr Mund war ihm so nah. Sah so einladend aus. Er glitt mit seinen Lippen über ihre, sanft, obwohl er sich so verzweifelt nach ihr sehnte. Doch seine Finger fühlten sich taub an; es war verdammt kalt. *Wir sollten dich von der Kette befreien, damit wir hier verschwinden können. Ich nehme an, dass du kein Lied parat hast, um die Fessel zu sprengen?*

Sie schüttelte den Kopf und nahm die gefesselte Hand von seinem Körper. *Unsere Lieder funktionieren nur bei Lebewesen. Ich will, dass du jetzt sofort an die Wasseroberfläche schwimmst, bevor wir das nächste Problem lösen müssen.*

Nicht ohne dich. Hatte die gemeingefährliche Meerfrau den Schlüssel? Er blickte zur Öffnung in der Decke. *Ah, verdammt, wo hat der Krake sie wohl hingeschafft?*

Es gibt keinen Schlüssel. Ebby löste sich aus seinen Armen und schob ihn zum Ausgang. *Du musst zu deinen Artgenossen zurück. Nur dort bist du sicher.*

Kein Schlüssel? Er packte ihren Arm, runzelte die Stirn beim Anblick der Fessel um ihr zartes Handgelenk. *Sie hat dich gefesselt, ohne die Möglichkeit zu haben, dich zu befreien?* Er drehte ihre Hand, glitt mit den Fingern über die Kette. Die schweren Glieder, obwohl sie von Rost befallen waren, zeigten sich stabil und würden nicht einfach nachgeben. Einen Bolzenschneider gäbe es hier unten sicher auch nicht.

Denkbar, dass ein Schlüssel hier irgendwo rumliegt. Ich werde Kato bitten, auf die Suche zu gehen. Sie hob den Krebs von ihrer Schulter und schickte ihn zur Deckenluke. Dann zog sie an der Kette, um sie Cruz aus der Hand zu reißen.

Wut loderte in ihm auf. Sie hatte alles für ihn geopfert. Und jetzt wollte sie, dass er sie zurückließ? Er festigte den Griff um die Kette. *Zur Hölle, nein. Du meintest, wir sind Gefährten. Das bedeutet, dass wir zusammen eine Lösung finden werden.* Er ließ den Blick über seine Umgebung schweifen. *Ich werde nach einem Werkzeug suchen. Kannst du etwas Licht erzeugen?*

Nicht wirklich. Dafür gibt es hier nicht genug Phytoplankton.

Er starrte auf die winzigen Partikel, die im Wasser schwebten und versuchte, seine Fassung nicht zu verlieren. Er musste nachdenken. Das Plankton … wie kleine Käfer – dieser Gedankengang gab ihm eine Idee: *Als Kind habe ich immer Glühwürmchen in Flaschen gesammelt.*

Er ließ ihre Hand los und schwamm zu den zerbrochenen Kisten. Unter dem Geröll fand er einige Flaschen, die noch intakt waren. Er drehte sich zu Ebby und hielt eine hoch. *Wenn wir Plankton hier drin konzentrieren können, funktioniert es wie eine Laterne.*

Er zog am Korken, versuchte, ihn herauszuziehen, doch seine Hände zitterten zu sehr. Die Kälte breitete sich in seinem Körper aus und infizierte ihn trotz seines Tauchtrainings mit einsetzender Panik. Tief atmete er ein, ließ den Blick über die Kisten schweifen und wischte die Sandschicht von den Flaschen, um eine zu finden, die bereits offen war. Und so fand er etwas Vertrautes: einen Korkenzieher! Seine Panik verebbte. Endlich war das Glück mal auf seiner Seite.

Er bearbeitete den Korken und bemerkte dann, was für ein Idiot er doch war. In der Hand hielt er das Werkzeug, nach dem er gesucht hatte. Obwohl sich die Muskeln in seinen Waden verkrampften, kehrte er schnell zu Ebby zurück. Er streckte die Hand nach ihrem gefesselten Handgelenk aus, als er plötzlich von einem brutalen Kälteschauer überwältigt wurde. Der Korkenzieher glitt ihm aus den Fingern.

Cruz? Ist alles okay? Ebby packte seine Schultern. *Heilige Abgründe, du bist eiskalt!*

Ohne Vorwarnung legte sie beide Hände auf seine Wangen und küsste ihn. Winzige Bläschen stiegen zwischen ihnen auf, während ihre Zunge über seine Lippen glitt und ihre harten Nippel durch seine Brusthaare strichen. *Was machst du?* Zwiegespalten entriss er ihr seine Lippen, schließlich wollte er sie, doch er wusste auch, dass er seine Aufgabe, sie zu befreien, nicht vergessen durfte. Er beugte sich vor, um den Korkenzieher aufzuheben. *Das ist nun wirklich nicht der richtige Moment!*

Ich habe lediglich den Atem-Zauber erneuert. Sie zeigte auf die Luke. *Du musst hier verschwinden. Sofort.*

Dich zu verlassen, steht nicht zur Debatte. Der Kuss hatte ihm neue Kraft eingehaucht, doch sein Herz war noch immer damit überfordert, Blut in alle seine Gliedmaßen zu pumpen. *Schlag dir das aus dem Kopf. Gib mir deine Hand.*

Er schob das spitze Ende des Korkenziehers ins Schloss und drehte.

14

Der Korkenzieher rutschte ab, kratzte schmerzhaft über Ebbys Arm. Sie verzog das Gesicht und er lockerte seinen Griff. *Tut mir leid. Es ist so dunkel hier unten.*

Er rieb mit dem Daumen über den Kratzer und platzierte dann den Korkenzieher wieder im Schloss. In ihrem Verstand konnte sie fühlen, was die Kälte mit ihm anstellte. Die Stärke verließ ihn. *Cruz, schwimm zum Ufer, bevor dein Körper nicht mehr dazu fähig ist. Später kannst du zurückkommen und mich befreien.*

Er arbeitete weiter. *Diese Stelle erneut zu finden, wäre nahezu unmöglich. Ich habe keine Magie, um im Ozean wie in meinem Garten herumzustreifen. Ich bin froh, dass ich dich überhaupt gefunden habe.*

Entschlossen machte er sich an seine Aufgabe, so entschlossen, dass ihre Schwanzflosse vor Rührung schwach wurde.

Ich habe schon einmal jemanden zurückgelassen. Seine Gedanken wirbelten unruhig. *Das werde ich nicht wiederholen.*

Wen hast du zurückgelassen?

Cruz' Erinnerungen drehten sich um eine menschliche Vorrichtung und Ebby verstand schnell, dass Landläufer dieses Teil wie Boote auf dem Meer benutzten: zur Fortbewegung. *Meine Mutter ist mit dem Auto einen Abhang runtergestürzt. Zu dem Zeitpunkt war ich erst sieben Jahre alt. Es hat geregnet. Es war dunkel. Ich habe es nicht geschafft, ihren Gurt zu lösen. Blut überall. Ich habe nicht gleich erkannt, dass ich bei dem Unfall mein Gehör verloren habe und sie hat immer wieder auf das zerbrochene Fenster gezeigt. Also bin ich rausgeklettert und den Abhang hoch, um Hilfe zu suchen.* Sein Herzschlag pulsierte wie eine Schallwelle durch das Wasser. Für ein paar Minuten schwieg er, arbeitete daran, das Schloss zu öffnen. Dann: *Zwei Tage hat die Rettungsmannschaft gebraucht, um das Auto zu lokalisieren. Zu lange. Sie konnten sie nur tot bergen. Sie ist gestorben, während sie auf mich gewartet hat.*

Ebbys Herz brach für den kleinen siebenjährigen Jungen. Obwohl ihre eigene Mutter gefühlskalt und herzlos gewesen war, wusste sie, dass ihr Vater alles getan hätte, um ihre Sicherheit zu gewährleisten. An dem verhängnisvollen Tag in den Wilden Tiefen hatte er sie weggeschickt, hatte ihr befohlen, sich zu verstecken, als sich die Meerfrauen genähert hatten. Wenn Onkel Zantu und Tante Brianna nicht gewesen wären, hätten ihr Vater und sie diesen Tag nicht überlebt.

Sie hob ihre freie Hand und platzierte sie auf Cruz' kalter, stoppeliger Wange. *Du warst noch ein Kind. Du hast getan, was du konntest. Hättest du bei ihr bleiben und mit ihr sterben sollen? Das hätte sie nicht gewollt.*

Er schluckte schwer und legte seine Hand auf ihre. *Ich werde keine weitere Person verlieren, an der mir etwas liegt.*

Ihr Herz machte einen Salto. Ihm lag etwas an ihr? Nur bei wahren Gefährten war dies der Fall. Stets hatte sie den Bund für ein Gefängnis gehalten. Stattdessen aber gab er ihr Stärke. Ein hingebungsvoller Gefährte schaffte das. Cruz war ihr Gefährte. Ein loyaler, kluger, fürsorglicher und furchtbar entschlossener Mann, der für immer ihr gehören würde. Die anderen Meerfrauen, stets auf der Suche nach den nächsten Sexpartnern, hatten keine Ahnung, was ihnen entging.

Sie rückte näher, glitt mit der Hand von seiner Wange in seinen Nacken und küsste ihn. *Ich liebe dich, Cruz.*

Sein Puls beschleunigte sich. Er erwiderte den Kuss, sein Mund fordernd auf ihrem. Sie teilte die Lippen und seine Zunge schob sich dazwischen, seine Brust und seine Schenkel drückten sich an sie. *Ich liebe dich auch.* Seine Hand verließ ihr gefesseltes Handgelenk und umfasste ihren Kiefer, seine Finger landeten in ihren Haaren. Seine andere Hand fuhr über ihren Arm zu ihrem Schulterblatt, zog sie näher an sich. Gierig küsste er sie. *Du bist so warm. Ist es merkwürdig, dass ich dich will? In dieser Situation?*

Nein, nicht merkwürdig. Ich will dich auch. Ebby verdrängte den Gedanken, dass dies das letzte Mal sein könnte. Sie presste sich gegen ihn, Hitze bündelte sich in ihrer Mitte, als sie seine Erektion zwischen ihnen pochen spürte. Noch nie hatte sie etwas verzweifelter gewollt. Sie wollte alles von ihm. Kein Zögern, keine Angst. Mit ihrer gefesselten Hand umfasste sie seinen Schaft, rieb über die Haut und positionierte ihn gleichzeitig an ihrem Eingang.

In ihren Mund stöhnte er: *Gott, du fühlst dich so gut an.*

Einen Zentimeter nahm sie ihn in sich auf, genoss das Gefühl seiner Eichel in ihrem Geschlecht. Sein Mund verließ ihren, um einen Pfad über ihr Schlüsselbein zu küssen, weiter runter, bis er einen Nippel zwischen seine Lippen nehmen konnte. Hart saugte er an der Knospe und ihr entrang ein Schrei, der das schwach funkelnde Plankton zum Aufleuchten brachte. *Neptun,* niemals hätte sie gedacht, dass es möglich war, ihrem Körper derartige Empfindungen zu entlocken. Seine Zunge fuhr über ihre Brust, drehte Kreise, bis ihre Atmung flacher wurde und sie keuchte. An ihrer Haut knabbernd fand er zur anderen Brust, umkreiste ihren Nippel und packte gleichzeitig ihren Nacken fester.

Sie rieb sich an ihm, wollte ihn antreiben, sie endlich zu nehmen. Wollte gefüllt werden. Hart saugte er an ihrem Nippel. Dann stieß er in sie, vergrub sich tief in ihrer Hitze. Sie schnappte nach Luft, ihre Hände auf seinem Oberkörper, die schwere Kette glitt lautstark über den Holzboden. Seine großen Hände rissen sie brutal an sich, Körper an Körper schien die Temperatur des Wassers anzusteigen.

Wieder landete sein Mund auf ihrem, seine Zunge schob sich an ihren Lippen vorbei. Sein Schwanz war dick und hart und er fühlte sich wundervoll an. Langsam zog er sich aus ihr zurück, dann drang er erneut in sie. Rein und raus, schneller und immer schneller. Jetzt war er nicht mehr unterkühlt, sondern brennendheiß. Seine Leidenschaft verbrannte sie, kam ihrer gleich, und so trieben sie zusammen einem gewaltigen Höhepunkt entgegen. Das Phytoplankton wirbelte um sie herum, leuchtete motivierend.

Ihre Umgebung verschwamm, als Cruz sie hart nahm. Mit seinem Schambein kollidierte er immer wieder mit ihrer Klitoris, in einem Rhythmus, der den Druck in ihr erhöhte, bis sie es nicht mehr aushielt. Die Empfindungen intensivierten sich. Sie stöhnte und ließ sich von der lustvollen Welle mitreißen. Sie warf den Kopf in den Nacken und schrie: *Cruz, oh, heilige Abgründe, Cruz!*

Ihren nahenden Orgasmus ahnend packte er sie an den Hüften und stieß hart in sie.

Der Druck wechselte zu einem Kribbeln, das sich von ihrer Mitte in ihrem ganzen Körper ausbreitete, bis sie explodierte. Sterne füllten ihr Sichtfeld. An seinen Schultern krallte sie sich wie eine Ertrinkende fest, während die Wände ihres Geschlechts um seine Länge pulsierten.

Cruz erschauerte, ein ungezähmter Laut drang aus seiner Kehle. Seine Hüfte zuckte nach vorn und schon schoss sein Sperma in sie. Nach seiner Erlösung nahm er Tempo heraus, stieß gemächlicher in sie, und ließ sich von ihren Nachbeben verwöhnen.

Ebby entspannte sich, so befriedigt wie noch nie. Seine Lippen liebkosten ihre Schulter, ihren Hals, ihren Kiefer, ihre Lippen. Er schob eine Strähne hinter ihr Ohr, blickte ihr tief in die Augen. *Also das hat mich aufgewärmt.*

Sie lächelte, ihr Ausdruck war von Erschöpfung geprägt. *Mich auch.*

Beide Arme wickelte sie um seinen Oberkörper, wodurch sich die Kette um sein Bein legte. Die Realität ihrer Situation erfasste sie. Sie war an ein Schiff gefesselt, tief auf dem Meeresgrund, mit einem Gefährten, der schon bald vor Kälte oder Hunger sterben würde.

Auch er schien durch den Kontakt wieder zu sich zu kommen und streckte die Hand aus, um sich von den kalten Gliedern zu lösen. *So gerne ich auch mit dir kuscheln würde, denke ich doch, dass wir dich endlich befreien sollten.*

Seine Tiefen waren gefüllt mit einer überwältigenden Hingabe, sodass ihr Tränen in die Augen stiegen. Er war so dickköpfig wie ein Seeotter, der eine Auster öffnen wollte. Es war egal, was sie zu ihm sagte, denn er würde ohnehin bis zum Tod an ihrer Seite bleiben.

Er beugte sich vor und hob den Korkenzieher auf, der beim Liebemachen aus seinen Fingern geglitten war. Wehmütig musterte sie seinen breiten Rücken, seine tanzenden Muskeln, als er sich durch das Wasser auf die Flasche zubewegte, die sich rollend verabschiedet hatte. Niemals würde sie ihn im Nest ihres Vaters sehen – wie er das Schwammbett säuberte, den Seegrasgarten pflegte. Niemals würde sie in den

Genuss kommen, das Sonnenlicht von seiner bronzefarbenen Haut reflektieren zu sehen.

In dem Moment erkannte sie, dass das Plankton so viel heller leuchtete. Nicht nur um Cruz, sondern im gesamten Bereich.

Sie legte ihre freie Hand um die Fessel und bündelte die Partikel um den Mechanismus. Cruz kehrte zu ihr zurück, um ihr eine leuchtende Flasche zu reichen. Bei dem Anblick, der sich ihm bot, klappte seine Kinnlade herunter: *Meintest du nicht, dass du die Leuchtkraft nicht erhöhen kannst?*

Sie zuckte mit den Achseln, ebenso verwirrt wie er. *Die Energie aus unserem Liebesakt muss die Partikel aufgeladen haben.*

Er schüttelte den Kopf und machte sich wieder an die Arbeit. *Meerfrauen-Magie werde ich niemals verstehen.*

Sie lachte und versuchte, sich nicht zu bewegen, als er mit seinen Fingern die Metallspitze in die winzige Öffnung schob. *Ich denke, wir haben sie nur ein bisschen angeheizt.*

Was auch immer zu mehr Licht geführt hat, ich bin dankbar. Mit dem Gesicht nah am Schloss ruckelte er das von Menschen gemachte Werkzeug, drehte es vor und zurück.

Gebannt biss sie sich auf die Unterlippe. Licht war schön und gut, doch sie spürte bereits, wie sich das Wasser abkühlte. Nicht mehr lange und sie stünden wieder vor dem gleichen Problem. Cruz schlug mit dem Handballen gegen den hölzernen Teil des Korkenziehers und das Schloss sprang auf. Die Fessel fiel zu Boden, jedes einzelne Glied von einem klirrenden Laut begleitet.

Du hast es geschafft! Freudig erregt legte Ebby beide Hände auf seine Wangen und küsste ihn voller Dankbarkeit auf die Lippen.

Er grinste, packte sie und drehte sich mit ihr in den Armen. *Lass uns von hier verschwinden.*

Das musste er ihr nicht zweimal sagen. Sie nahm seine Hand und führte ihn aus dem Inneren des Schiffs, auf die Sonne zu, die weit über ihnen schwach leuchtend die Richtung vorgab.

15

Cruz strampelte neben Ebby und versuchte, mit ihren mühelosen Bewegungen mitzuhalten. Da er nun der Höhle sowie dem Schiff entkommen war, nicht zu vergessen den anderen Meerfrauen, konnte er das erste Mal mit Anerkennung den Blick auf die Schönheit des Meeres richten. Zu seiner Linken schwammen Makrelen mit ihren großen Augen durch das dunkle Wasser, kreierten mit ihren Körpern wolkenähnliche Formen, mit denen sie einen kleineren Schwarm aus Hechten auswichen. Unter ihm drehten zwei grau-grüne Lippfische inmitten einer Seegraswiese Kieselsteine herum und wechselten sich bei der erbeuteten Mahlzeit ab. Als Ebby ihn aus dem offenen Meer führte, spürte er, dass die Strömung wärmeres Wasser mit sich brachte. Beobachtet wurden sie nun von mehreren orangenen Falterfischen, die an den tellerförmigen Korallen an der unteren Seite des Riffs zu ihnen hochsahen.

Wohin schwimmen wir?, fragte er.

Mit Ebby passierte er antennenähnliche Korallen und tauchte zwischen die goldfarbenen Stängel des Algenwalds ein. *Ich bringe dich zum Nest meines Vaters.*

Dass Meerfrauen Eltern haben könnten, war ihm bisher nicht in den Sinn gekommen. Ihren Vater zu treffen, machte ihn nervös. *Du willst mir deinen Vater vorstellen?*

Ein Anflug von Trauer und Reue kam durch die Verbindung bei ihm an, stark genug, dass er zusammenzuckte. *Nein,* sagte sie. *Er ist weg.*

Am liebsten würde Cruz sie in die Arme nehmen, doch sie beschleunigte plötzlich. *Was ist mit ihm passiert?*

Ich vermute, dass er tot ist. Mit einer Hand schob sie einen dicken Stängel zur Seite und zog ihn mit sich auf eine Lichtung. Der ovale Bereich hatte eine Decke, die aus zusammenhängenden Seetangblättern bestand und der Boden erinnerte ihn an eine Waldhütte unter dem Meer.

Tot? Cruz' Blick fiel auf ein Messingkopfteil für Betten, das hinter einer Ansammmlung von Schwämmen stand, die eine farbenfrohe Matratze formten. Fast alles war von einer dünnen Schicht Sand bedeckt, doch eine Stelle auf dem Bett schien erst vor Kurzem benutzt worden zu sein. *Du bist dir nicht sicher?*

Er ist verschwunden, als ich zur Meerfrau wurde. Ebby ließ seine Hand los und schwamm zu einem flachen Felsen mitten auf der Lichtung, umgeben von vollgesaugten Weinfässern. Auf einem nahm sie Platz und ihr Meerfrauenschwanz wickelte sich anmutig um das Holz.

Kato, ihr Haustier, sprang von ihrer Schulter und trug die Harfe zu einer kleinen Nische. Augenblicklich buddelte er ein Loch und vergrub das Instrument. Dann machte er sich daran, mit seinem Schwanz den Boden vom Sand zu befreien, wodurch ein Mosaik aus Muscheln und farbenfrohen Steinen zum Vorschein kam.

Cruz bewegte sich zu dem Fass neben Ebby, froh darüber, sich nach allem, was passiert war, ein wenig ausruhen zu können. *Zur Meerfrau geworden?* Ein Spiegel gleich hinter ihr zeigte ihren graziösen Rücken und ihre sanft gerundeten Hüften, ihre Haare wild und sexy um ihren Kopf. Er konnte sie sich gut mit Beinen vorstellen. *Warst du vorher ein Mensch?*

Ebby schmunzelte. *Ich vergesse immer, dass Menschen nicht die Wahl haben. Meerkinder werden geschlechtslos geboren, bis sie ihre Pubertät erreichen.*

Seine Augen glitten zu ihren Brüsten. *Fällt mir schwer, mir dich als einen Meermann vorzustellen.* Zu seiner Befriedigung richteten sich ihre Nippel auf. Begierde nach ihr jagte Hitze in seinen Schwanz. Ihr Verstand jedoch war mit Traurigkeit gefüllt und er wollte, dass der nächste Geschlechtsverkehr zwischen ihnen von purer Freude begleitet wurde, nicht von Trauer oder Reue. *Ich verstehe nicht, wie die Wahl deines Geschlechts etwas mit dem Verschwinden deines Vaters zu tun haben kann.*

Sie biss sich auf die Unterlippe, ihr Blick auf dem Tisch. *Er vertraut mir nicht. Meerfrauen sind gefährlich.*

Verärgerung brannte in seinem Herzen. *Aber er ist doch dein Vater!*

Spielt keine Rolle. Sie wischte Sand von der Tischoberfläche und legte den löchrigen Stein darunter frei. *Meerfrauen sind gewalttätig, besitzergreifend und man kann ihnen nicht vertrauen, nicht mal wenn sie zur Familie gehören.*

Dass Meerfrauen nicht die nettesten Kreaturen waren, hatte sie bereits erwähnt. Dass sie nur daran interessiert waren, Unterhaltung zu finden und dass dies meist in Folter endete. Aber auch Ebby war eine Meerfrau und auf sie traf diese Beschreibung nicht zu. *Wenn sie so furchtbar sind, warum hast du dich dann für das weibliche Geschlecht entschieden?*

Ein wehmütiges Lächeln zeigte sich auf ihren Lippen. *Als Kind dachte ich immer, ich würde mich für das männliche Geschlecht entscheiden. Ich habe es geliebt, Nester zu bauen, und ich habe meinem Vater mit dem Baby geholfen, bevor …* Sie schluckte schwer. *Das Baby hat es nicht geschafft. Doch als der Zeitpunkt für mich kam, wusste ich genau, wie meine Entscheidung ausfallen würde. Auf keinen Fall wollte ich wie mein Vater enden.*

Er nahm ihre Hand. *Was meinst du damit?* Es gab so viel, was er über Ebby nicht wusste, was er nicht verstand, und je mehr er lernte, umso mehr wollte er wissen.

Ihre freie Hand ballte sich auf dem Tisch zu einer Faust. *Niemals wollte ich zur Sklavin des Gefährten-Bundes werden.*

Seine Kehle schnürte sich zu. So merkwürdig die Sache auch war, er konnte über die Verbindung nicht glücklicher sein. Eine Verbindung, die ihm erlaubte, sich mit einer anderen Person auf eine intime Weise auszutauschen. An Land wäre das nicht möglich, nicht mal mit einer Ehefrau. Eine Gefährtin, die seine Gedanken hören konnte, war so viel besser. Zudem könnte er es sich gut vorstellen, für alle Zeiten mit Ebby im Meer zu leben. Er ließ ihre Hand los und verschränkte beide in seinem Schoß.

Wenn du nicht mit mir zusammen sein willst, kannst du mich ans Ufer bringen. Ich komme schon klar. Das war eine

Lüge, doch er würde kein Glück mit ihr finden, wenn sie ihn nicht genauso verzweifelt wollte wie er sie.

Nein! Sie streckte die Hände nach ihm aus, zögerte dann, ihre sanft geschwungenen Augenbrauen zogen sich zusammen. *Es sei denn natürlich, du willst nicht bei mir bleiben. Ich werde dich nicht zwingen, dein Leben mit mir zu verbringen.*

Cruz schmolz dahin, Erleichterung floss durch seine Adern. Er hob sie hoch und brachte sie zum Bett aus Schwämmen. *Nichts würde mich glücklicher machen, als den Rest meines Lebens mit dir zu verbringen.*

Sie schloss die Augen und rieb ihre Wange an seiner Schulter. Er legte sie auf die weiche Matratze und machte es sich neben ihr bequem, zog sie in seine Arme. Es dauerte nicht lange, bis die Nacht über sie hereinfiel. Ebby lag schlafend an ihn gekuschelt, warm und anschmiegsam. Noch nie hatte er sich so zuhause gefühlt. Als wäre er endlich dort angekommen, wo er hingehörte. An Ebbys Seite, mit ihr in seinen Armen.

Sie musste spüren, dass er aufgewacht war, denn sie drehte sich ihm zu. *Ich verspreche dir, dass ich dir niemals antun werde, was meine Mutter meinem Vater angetan hat.*

Warst du die ganze Zeit wach? Er zog sie an seine Brust, wollte nicht einen einzigen Millimeter Abstand zwischen ihnen.

Ich habe gedöst. Ich möchte einfach, dass du weißt, dass du sicher bei mir bist.

Was hat deine Mutter getan? Waren die beiden auch Gefährten?

Nein, das waren sie nicht. Ein harsches Lachen schüttelte sie durch. *Mein Vater hat meine Mutter verehrt. Dagegen konnte er sich nicht wehren. Aber sie hat seine Liebe nicht erwidert. Jedes Mal, wenn sie uns verließ, hat sie einen Teil seiner Seele mitgenommen, bis er nur noch ein Schatten seiner selbst war. Ich war froh, als sie endlich tot war, denn ihr Tod hat meinem Vater die Freiheit zurückgegeben.* Sie seufzte. *Nur nicht so richtig. Nicht wirklich.*

Die Menschen würden es Depression nennen.

Sie schien in seinen Armen zu schrumpfen. *Als ich mich für das weibliche Geschlecht entschieden habe, hat ihm das den Rest gegeben.*

Er legte eine Hand auf ihre weiche Wange. *Du kannst dir nicht die Schuld dafür geben, was deine Entscheidungen bei anderen für Gefühle auslöst.*

Mit dem Zeigefinger zeichnete sie seine Lippen nach und schickte einen Lustschauer durch ihn. *Auch nicht, wenn ich bei dir Gefühle auslöse?*

Er knabberte an ihrem Finger, hielt ihn zwischen seinen Zähnen. *Kommt darauf an, von welchen Gefühlen du gerade sprichst.*

Sie positionierte sich um, kam dabei in Kontakt mit seinem Schwanz und brachte ihn zum Stöhnen. *Wie sieht es mit diesem Gefühl aus?*

Eine Hand legte er unten auf ihren Rücken, glitt langsam nach oben, bis seine Finger in ihren Haaren landeten. Behutsam riss er ihren Kopf in den Nacken, dann zur Seite, um vollen Zugang zu ihrem schlanken Hals zu haben. Er presste den Mund auf ihre Kehle, ihre Haut an seinen Lippen unbeschreiblich köstlich, während sich ihre Brüste an seinen Oberkörper schmiegten.

Seine freie Hand wanderte über ihre Rippen, umfasste eine Brust. Sie atmete schwer, schnappte immer wieder nach Luft und er fühlte, wie sich ihre Nippel aufrichteten. Er stützte sich auf einen Ellbogen und rollte sie auf den Rücken. Im Dunkeln konnte er sie nicht gut sehen, dennoch spürte er durch die mentale Verbindung, wie erregt sie war.

Er streichelte ihre Hüfte, über ihren Bauch hoch zu den Brüsten. Mit sanften Küssen liebkoste er sie, betörte sie, verehrte sie. Jeden Millimeter ihrer Haut erkundete er mit seinen Lippen, bevor er mit einer Hand an ihrem Bauch vorbei und zu ihrem Geschlecht glitt. Sogar unter Wasser konnte er fühlen, wie feucht sie war. *Verdammt,* sie war so bereit für ihn. Sie wölbte sich ihm und seinen Berührungen entgegen. Ohne zu zögern, stieß er seinen Mittelfinger in ihre Hitze.

Du bist so perfekt, schickte er ihr mental, als er sie mit dem Finger fickte.

Sie rotierte mit den Hüften und er sah dies als Stichwort, um einen zweiten Finger hinzuzufügen und sich rittlings auf sie zu setzen. Die Wände ihres Geschlechts pulsierten um ihn, bebten mit jedem Stoß in ihre Hitze. Sie wand sich unter ihm, streckte die Hände nach ihm aus und zog ihn zu sich. Ihr Mund traf auf seinen, weich und empfänglich, während sie eine Hand auf seinen Hinterkopf legte. Ihre Zungen fanden sich, der Kontakt so überwältigend, dass er vor Begierde bebte.

Ohne den Kuss zu unterbrechen, griff er zwischen ihre Körper und positionierte sich mit seiner Eichel an ihrem Eingang. Sie rieb ihre Hitze über seinen Schaft und er entließ ein animalisches Stöhnen. Mit einem Stoß drang er in sie. Sie kam ihm entgegen und er küsste sie brutaler, leidenschaftlicher, nahm sie hart. So eng und heiß fühlte sie sich an. Sie passten perfekt zusammen. Seine perfekte Gefährtin.

Ihre Körper bewegten sich als Einheit und er vergrub sein Gesicht an ihrem Hals, riss sie an sich, während seine Stöße an Tempo zunahmen. Ihre Haut schmeckte salzig und frisch, was seine wilde Seite hervorbrachte. Der Druck in ihm baute sich auf. Bei jedem Stoß hauchte sie seinen Namen und es dauerte nicht lange, bis er in ihren Gedanken lesen konnte, dass auch sie der Erlösung näherkam.

Mit einer Hand drückte er ihr Becken auf die Schwämme, nahm sie hart und wild, presste die Zähne aufeinander, um seinen eigenen Orgasmus zurückzudrängen. Dann zog er sich aus ihr zurück, neckend verweilte die Eichel an ihrem Eingang. *Komme für mich,* schickte er ihr knurrend und stieß schließlich hart in sie.

Sie schrie, wölbte den Rücken und bebte von der Ekstase, die ihren Körper überfiel. Er packte sie fester, drang in ihre pulsierende Hitze, bis er sich sicher war, ihr jede Reaktion entlockt zu haben. Begleitet von einem Lustschauer und einem Stöhnen erlaubte er, dass ihre Nachbeben ihn zu einem sehnsüchtig erwarteten Höhepunkt führten.

Das Morgenlied eines Fledermausfisches weckte Ebby. Sie streckte sich und öffnete die Augen. Cruz schlief friedlich neben ihr auf dem Schwammbett, einer seiner Arme unter ihrem Kopf, der andere um ihre Hüfte gewickelt. Behutsam setzte sie sich auf. Sofort festigte sich der Arm um ihren Körper und er riss sie zurück an seine Seite.

Nicht so schnell. Seine Stimme in ihrem Kopf klang schlaftrunken. Wirklich bezaubernd. *Wo bleibt mein Guten-Morgen-Kuss?*

Lächelnd drehte sie sich in seinen Armen herum, legte eine Hand auf seine stoppelige Wange und knabberte an seiner Unterlippe. Zwischen kleinen Küssen schickte sie ihm: *Ich habe Hunger.*

Ich auch. Cruz gab ihr einen Kuss und setzte sich dann auf. *Ich würde dir ja Frühstück machen, aber ich bin mir nicht sicher, was ihr hier unten normalerweise esst. Oder wie ihr kocht.*

Ebby hatte von der Kochen-Sache bereits gehört, verstehen tat sie es jedoch nicht. Sie erhob sich von den Schwämmen und sah sich nach dem Messer um, dass ihr Vater zum Ernten benutzt hatte. *Ich werde dir den Garten zeigen.*

Sand hatte das Seegrasbeet ein wenig abseits des Nestes vollkommen zerstört, doch ihr Vater hatte sich zudem einige Beete am Riff gesichert. Sie reichte das Messer an Cruz weiter, führte ihn aus der Lichtung und zu einem felsigen Gebiet, wo immer ausreichend Seegras zu finden gewesen war. Nicht mehr. Ihre seltenen Besuche hatten nicht ausgereicht, um die Beete zu erhalten. Einige Papageienfische waren eingezogen und hatten die Gräser gemäht.

Mit einer Schallwarnung vertrieb sie alle Fische und näherte sich mit Cruz den lückenhaften Beeten, brachte ihm bei, wie man erntete, wie man gegen Schneckenbefall anging und wie man vermied, dass sich Anemonen im Gras versteckten. *Die Beete zu pflegen, ist wichtig,* erklärte sie. Plötzlich erkannte sie, dass sie nun ein Nest hatte, und wurde von unbeschreiblicher Freude überwältigt. Sie würde das

Nest nicht nur gelegentlich besuchen, sondern zusammen mit Cruz auf Dauer instandhalten.

Cruz gönnte sich beim Füllen der Muschelschüssel mehrere Bisse. *Ein Cheeseburger wäre wirklich toll.*

Was ist ein Cheeseburger?

Fleisch mit zerlaufenem Käse zwischen zwei weichen Brötchen. Er hielt einen Grashalm hoch, beäugte ihn kritisch, bevor er es sich in den Mund schob. *Schwer zu erklären. Ich denke jedoch, dass ich mich damit hungriger mache. Es fühlt sich wie eine Diät an, bei der ich nur das Grünzeug von einem Burger bekomme.*

Wenn du weiter isst, wirst du für die erste Mahlzeit keinen Platz mehr in deinem Magen haben, neckte sie.

Er schlang einen Arm um ihre Taille und bot ihr einen Seegrashalm an. *Dann solltest du auch essen. Schließlich habe ich vor, nach dem Essen einen ganz anderen Hunger mit dir zu stillen.*

Kichernd akzeptierte sie das Seegras und saugte dann an seinem Finger.

Er schmunzelte. *Freche kleine Meerfrau.*

Sie wickelte beide Arme um ihn und rieb sich an seiner wachsenden Erektion. *Unersättlicher Mensch.*

Über ihnen funkelte etwas Goldenes. Sie hob den Kopf und erblickte zwischen roten Seefächern zitrinfarbene Augen. Ebby schob Cruz hinter sich.

Grinsend kam Lutana aus ihrem Versteck.

Fuck! Wo ist das Messer? Cruz bewegte sich schwerfällig zu der Schüssel mit Seegras, die einige Meter entfernt auf dem Riff zu finden war.

Ebby drückte die Schultern durch, Hände in die Hüften gestemmt und funkelte ihre Schwester misstrauisch an. Mit Lutana allein würde Ebby fertig werden. Wenn sie allerdings weitere Artgenossen mitgebracht hatte … „Was willst du?"

Lutana neigte den Kopf. „Die Strömung singt, dass Selachii und Urokotori tot sind."

Herausfordernd starrte Ebby die andere Meerfrau nieder. „Ich bezweifle, dass du damit ein Problem hast, Lutana. Jetzt wirst du nicht mehr dazu gezwungen, irgendwelche abartigen Spiele zu spielen."

Cruz kam an Ebbys Seite, das Messer in seiner Hand. *Gefunden.*

Wohlklingendes Lachen vibrierte durch das Wasser. „Oh, er ist ja so mutig." Lutanas goldener Blick schweifte über ihn. „Wie lange hast du vor, ihn zu behalten?"

Angespannt überlegte sich Ebby ihre nächsten Worte gut. Es gab keine Regel, die einen Gefährten vor anderen Meerfrauen beschützte. Wahrscheinlich, weil sie für Meermänner keinerlei Zuneigung hegten. Jedoch war Cruz ein Menschenmann. Machte ihn das nicht zu etwas Besonderem? Kato wagte es, aus seinem Versteck zwischen den Korallen hervorzulugen, woraufhin Ebby eine Idee kam: „Er ist mein neues Haustier."

Lutana verengte die Augen. „Du bist die merkwürdigste Meerfrau aller Zeiten. Die Anderen werden diese Information interessant finden."

„Die Anderen?"

„Wie ich schon meinte: Die Strömung erzählt von einem freien Jagdrevier." Lutana zuckte mit den Schultern und wandte sich ab.

„Was ist, wenn ich dir sage, dass er mein Gefährte ist?", platzte es Ebby heraus.

Lutana stoppte, kam zurück zum Riff, und ließ ihren Blick erneut über Cruz schweifen. „Dann muss ich dir sagen, dass du mit großer Wahrscheinlichkeit den Verstand verloren hast, kleine Schwester. Du bist eine Meerfrau, kein liebeskranker Meermann."

Ebby empfand Mitleid mit Lutana. Sie war nicht so grausam, wie das Selachii und Urokotori gewesen waren, dennoch war sie in den letzten Jahren konditioniert worden. Ebby bewegte sich auf sie zu. „Unser Geschlecht definiert uns nicht, nur unsere Taten.“

Lutana schnaubte und verschränkte die Arme.

Ebby schwamm ein paar Zentimeter näher. „Es ist noch nicht zu spät für dich, Lutana. Wenn ich Liebe finden kann, dann kannst du das auch.“

Nach einem undefinierbaren Laut wirbelte ihre Schwester herum und verschwand wortlos über das Kliff.

Es wird immer andere Meerfrauen geben, oder? Cruz’ sanfte Worte drangen in ihre Gedanken. *Irgendwann wird einer von uns verletzt werden.*

Tränen brannten in Ebbys Augen. Ihr Traum von einem Nest mit ihrem Gefährten und Partner hatte vor wenigen Momenten noch umsetzbar geklungen. Nun hatte sie das Gefühl, dass ein Sturm über sie hinweggefegt war, der diesen Traum wie einen Seefächer entwurzelt hatte. Sie drehte sich zu Cruz, nahm seine muskulöse und attraktive Erscheinung in sich auf, von seiner definierten Brust und den breiten Schultern zu den Beinen, die sanft strampelten. Es wäre schwierig genug, einen Meermann-Gefährten zu beschützen, doch ein Mensch war so viel verletzlicher.

Wenn er sich doch nur einen Meermannschwanz wachsen lassen könnte, so wie Onkel Zantu Beine –

Ein Damm öffnete sich in ihr. War das möglich? Wie war Onkel Zantu zu Beinen gekommen? Es gab nur einen Weg, dies herauszufinden. Sie packte Cruz' Hand. *Ich möchte dir jemanden vorstellen.*

*E*bby näherte sich behutsam der kleinen Bucht, in der ihr Onkel lebte. In der Ferne zeigten sich dunkle Gewitterwolken und die Wellen waren hoch und kraftvoll. Sie kämpfte gegen den Sog an, um mit Cruz nicht an die Felsen zu stoßen.

Nicht unweit von ihnen schaukelte auf dem unruhigen Meer eine kleine Yacht, was sie pausieren ließ. Es handelte sich nicht um einen Privatstrand. Falls das Boot zu einem der Hausbesitzer in der sichelförmigen Bucht gehörte, dann hatte sie keine Ahnung, wie die Besitzer das Boot betraten. Schließlich gab es keine Anlegestelle, nur Felsen. *Heilige Abgründe*, natürlich hatte sie sich für einen Tag entschieden, an dem Menschen sie erspähen konnten.

Stimmt etwas nicht?, fragte Cruz, während sie eine Sonaranfrage zu einem Fisch sendete, um herauszufinden, wie lange das Schiff schon hier war.

Sie zeigte auf ihr Problem. *Ich habe keine Ahnung, zu wem dieses Boot gehört.*

Er legte den Kopf auf die Seite und seine Hand festigte sich um ihre. *Vielleicht sind das meine Freunde, die nach mir suchen.*

Mit dem Verweis auf ihre Schwanzflosse sagte sie: *Menschen dürfen mich nicht so sehen.*

Die Strömung trieb sie zu einem Felsen unter der Wasseroberfläche. Sie führte beide weiter vom Ufer weg und Ebby wickelte schließlich die Arme um seinen Hals, vergrub ihren Kopf an seiner Schulter. Ein Leben ohne ihn konnte sie sich nicht vorstellen. Wenn sie aber ans Meer gebunden war und er ans Land, wie konnten sie dann eine Zukunft haben?

Er umfasste ihren Hinterkopf und presste einen Kuss auf ihre Schläfe. *Wir könnten uns einen anderen Strand suchen.*

Es gibt keine anderen Strände ohne Menschen. Sie dachte an die Küste, mit Booten überall, Schwimmern, Häusern mit Meerblick. *Und ich muss mit meinem Onkel sprechen.* Auf dem Weg in die Bucht hatte sie ihm von ihrem Onkel erzählt, von seinen Beinen, die er bekommen hatte, um mit seiner Gefährtin an Land zu leben. Jedoch war Ebby eine Meerfrau. Es war möglich, dass die Idee für sie nicht umsetzbar war.

Ebby. Er neigte den Kopf, um ihr in die Augen zu sehen. *Wir werden schlicht und einfach warten, bis das Boot verschwindet, okay?*

Ein Klumpen aus Federn passierte sie, die Überreste eines Vogels, der den Gefahren des Ozeans zum Opfer gefallen war. Cruz war hier nicht sicher. Er musste sofort an Land, ob sie ihm nun folgen konnte oder nicht. *Du solltest zu deinen Freunden gehen und ihnen sagen, dass es dir gut geht. Ich werde an Land kommen, sobald die Luft rein ist.*

Er packte sie fester. *Wir haben so viel zusammen durchgestanden. Ich werde dich nicht verlassen.*

Sie verzog das Gesicht zu einer Grimasse. *Es wird bald ein Gewitter kommen. Das ist gefährlich. Du musst an Land gehen.*

Unzufrieden presste er die Lippen zu einer dünnen Linie. Nach einer Weile sagte er: *Versprich mir, dass du kommst, sobald es wieder sicher ist.*

Sie nickte. *Ich verspreche es.*

Zusammen näherten sie sich dem Ufer, bis sie überzeugt war, dass er den Rest des Weges alleine bewältigen würde. Erst dann ließ sie ihn los und beobachtete, wie er mit starken Zügen an Land schwamm. Sobald er im Wasser stehen konnte, durchbrach sie die Wasseroberfläche bis zur Nase, um ihn auch weiterhin zu beobachten. Sein muskulöser Körper war an Land noch atemberaubender, Wassertropfen rannen im Sonnenlicht über seine goldbraune Haut. Oh, wie sehr sie seine breiten Schultern und seine mächtigen Oberschenkel liebte.

Sie schnellte aus der Bucht und ins offene Meer hinaus, rollte auf den Rücken und starrte ihren Meerfrauenschwanz an. Wäre sie wie Onkel Zantu in der Lage, sich Beine wachsen zu lassen? Er hatte zu ihr gemeint, dass es mit dem Gefährten-Bund zu tun hatte. Ohne Cruz an ihrer Seite kam in Ebby die Panik auf, dass Meerfrauen möglicherweise immun gegen den Bund waren. Hatte sie sich die Verbindung nur eingebildet? Cruz war an Land. Bedeutete das, dass die Magie zwischen ihnen gebrochen war?

Die Wellen konnten gefährlich sein, sogar für Meerleute, doch sie konnte nicht widerstehen und tauchte nahe dem Ufer in das Labyrinth aus Felsen ein, um Cruz näher zu sein. Sie hielt sich vertikal wie ein Schnepfenmesserfisch in den Dornen eines Seeigels und durchbrach erneut die Wasseroberfläche mit dem Kopf. Am Strand unterhielten sich zwei Männer, doch es war immer möglich, dass sich hinter den Bäumen weitere Menschen aufhielten. Sie wagte es nicht, sich zu zeigen, bis sie sich sicher fühlte. Wie nah müsste sie wohl ran schwimmen, um die Gedanken ihres Gefährten zu hören? Sie versuchte es: *Cruz?*

Keine Antwort.

Ihre Schwanzflosse kratzte über den steinigen Meeresgrund und sie knirschte mit den Zähnen. Sie konnte nicht näher schwimmen, sonst würde sie sich Kratzer und blaue Flecken zuziehen. Über dem Tosen der Wellen vernahm sie ein Kinderlachen.

Ebby hob sich bis zu ihren Schultern aus dem Wasser und betete, dass sie von niemandem gesehen wurde.

Ein kleiner Mensch, bei dem es sich nur um Camilla handeln konnte, hüpfte auf Ebbys liebstem Felsen auf und ab und sprach mit jemandem im Wasser. Brianna? Die Menschenfrau liebte es, zu schwimmen, doch Ebby war überrascht, dass sie sich bei diesem Wellengang ins Wasser traute. Wahrscheinlich versuchte sie, Camilla zurück ans Ufer zu schaffen.

Onkel Zantus Stimme hallte über den Strand, kaum hörbar bei den lauten Wellen: „Komm her, Ebby! Die Luft ist rein!"

Überwältigende Erleichterung schwappte durch ihre Adern. Cruz hatte es vollbracht! Er hatte ihren Onkel gefunden und jetzt würde alles gut werden.

Mit dem Kopf über der Wasseroberfläche verließ sie die Sicherheit der aufragenden Felsen und erlaubte einer rollenden Welle sie ans Ufer zu tragen. Ihr Herz sprudelte vor Freude über, als sie die silberblauen Haare ihres Onkels und die breiten Schultern von Cruz wiedererkannte. Beide Männer sahen aufs Meer hinaus, suchten die Wellen nach ihr ab.

Ebby!, rief Cruz in ihrem Kopf, seine Stimme von freudiger Erwartung durchzogen.

Plötzlich blitzte etwas Smaragdgrünes hinter Camillas Felsen. Ebbys Herz setzte aus. War das eine Meerfrau? Wo war Brianna? Panik setzte sich in Ebby fest. Standen alle an Land unter dem Zauber einer Meerfrau?

Ein tiefes, vertrautes Lied pulsierte durchs Wasser, ein Schlaflied, das sie seit zwei Jahren nicht mehr gehört hatte. Wie hypnotisiert wurde sie von einer herannahenden Welle überrascht. Nach dem Auftauchen beobachtete sie, wie sich ein Meermann neben Camilla auf den Felsen hob.

„Vater?" Sie bekam keine Luft, konnte sich nicht bewegen. Ihr Vater lebte! Er lebte und er war hier! „Ich dachte, du wärst tot!"

Der misstrauische Ausdruck auf dem Gesicht ihres Vaters landete auf ihr, bevor er den Kopf zum Strand drehte. „Bist du sicher, dass sie keine Gefahr darstellt?"

Camilla warf die Arme um seinen Hals. „Hör auf, dir Sorgen zu machen, Onkel Rubac. Ebby würde niemals jemanden verletzen."

Ihre Euphorie verebbte. Ihr Vater hatte Todesangst, dachte noch immer, dass sie ihn zum Spaß in Stücke reißen würde.

Cruz' tröstende Stimme erreichte sie: *Er weiß es nicht besser. Noch nicht.*

Ebby hievte sich mehrere Meter entfernt auf einen Felsen und krallte sich an der mit Entenmuscheln bedeckten Oberfläche fest, um nicht erneut runtergespült zu werden. Cruz hatte recht. Sie musste Geduld beweisen, obwohl sie sich danach sehnte, ihren Vater zu umarmen, so wie es Camilla gerade tat. Sie verstand seine Angst.

Er schwieg, sein Blick schweifte über ihren apricotfarbenen Schwanz. Er hatte sich kein bisschen verändert, von seinem smaragdgrünen Meermannschwanz zu den Schmuckstücken, die er am Körper trug. Was sollte sie zu ihm sagen? Sie drängte Tränen zurück und ihre Stimme bebte: „Hi, Dad."

Camilla ließ von Rubac ab und wandte sich zu Ebby. Ihr runder Bauch war von dem kalten Wasser gerötet. Sie trug einen mit Rüschen besetzten Bikini, wodurch ihre untere Hälfte an eine Qualle erinnerte. „Er hat eine neue Gefährtin! Ihr Name ist Madison! Sie hat mir Schokolade mitgebracht. Komm! Ich wette, sie hat auch was für dich!"

Eine neue Gefährtin? Ebby dachte, das wäre unmöglich. „Du hast eine neue Gefährtin?"

Ihr Vater fuhr mit der Hand durch seine Haare, seine Augenbrauen zusammengezogen. „Ehrlich gesagt weiß ich nicht, wie ich sie nennen soll. Ich weiß nur, dass ich sie über alles liebe."

Ebby sah zum Strand. Cruz stand knietief im Wasser und schaukelte bei jeder eintreffenden Welle vor und zurück. Wenn ihr Vater eine Gefährtin hatte, sollte er dann nicht auch Beine haben? Vielleicht war diese Magie nur für Onkel Zantu bestimmt.

Sie schüttelte den Kopf, schob den Gedanken beiseite. *Bei Neptun*, sie würde Beine haben, und wenn sie sich dafür in der Mitte zerteilen müsste. Sie rutschte vom Felsen und schwamm zum Ufer. „Ich habe auch einen Gefährten."

Cruz hob beide Arme in ihre Richtung. *Komm zu mir, Eb – oh, zur Hölle!* Eine Welle riss ihn von den Beinen.

Ebby sprang nach vorn, packte ihn, bevor er vom Sog davongetragen werden konnte. Eine Sekunde später lag sie auf dem Rücken, Cruz auf ihr. Steine bohrten sich in ihr Fleisch, während sich die Welle zurückzog und sie vollkommen ungeschützt am Strand zurückließ.

Er sah ihr in die Augen. So wie das auch das Mondlicht auf der ruhigen See tat, spiegelte sich in seinen Tiefen die Liebe zu ihr wider. Er erhob sich und hockte sich neben sie. Sein Blick schweifte über ihren Oberkörper und verharrte unter ihrem Bauchnabel. Ein Grinsen zeigte sich auf seinen Lippen.

Sie folgte seinem Blick zu einem behaarten Bereich nicht weit von ihrem Bauchnabel. Blitzschnell setzte sie sich auf. Ihr Meerfrauenschwanz war verschwunden. An seiner Stelle hatte sie nun lange, blasse Schenkel, Knie und Schienbeine. Und Füße! Füße mit zehn perfekten Zehen, die in den Sand eintauchten. „Ich habe es geschafft!" Ihre Augen schossen zu seinen. „Ich habe es wirklich geschafft!"

Camilla kam angerannt, in den Händen ein pink-violettes Handtuch. „Willst du mein Handtuch?"

Ebby nahm es und wickelte es sich um den Körper, da sie wusste, wie Menschen über das Nacktsein dachten. Als Meerfrau war sie nie verlegen gewesen, doch dies war neu für sie und noch fühlte sie sich nicht besonders wohl in ihrer Haut. „Danke, Camilla."

Die nächste Welle rauschte auf sie zu und Cruz hob sie in seine Arme, trug sie so mühelos wie sie das mit ihm im Wasser getan hatte.

„Komm, Ebby." Das kleine Mädchen nahm ihre Hand. „Lass uns Madison fragen, ob sie noch mehr Schokolade für uns hat!"

„Nicht so schnell, kleines Würmchen." Onkel Zantu hob seine Tochter auf seine Schulter. „Ebby braucht etwas Zeit, um sich an ihren neuen Körper zu gewöhnen und sicher möchte sie auch mit ihrem Vater sprechen, bevor wir sie den Hügel hochscheuchen."

Die Kleine wollte protestieren, doch Ebby lächelte ihre Cousine an und versprach: „Ich komme gleich nach, okay?"

„Bitte beeil dich!" Dann quietschte Camilla vergnügt, als Zantu den Pfad hochjoggte.

Cruz trug sie über den Sand zu ihrem Vater. Wo die Wellen ans Ufer rollten, ließ er sie herunter. *Soll ich euch ein paar Minuten allein geben?*

Nein! Sie nahm seine Hand, sah ihm in die Augen. *Heilige Abgründe, du bist so groß!*

Er gluckste. *Ja, dein übergroßer Schwanz kann dich nicht länger größer machen, als du bist.* Er zwinkerte ihr zu.

Sie lachte. *Und furchterregend sehe ich auch nicht mehr aus,* dachte sie, bevor sie sich zum Meer und damit zu ihrem Vater drehte, der bis zu seinen Schultern im Wasser verharrte. Sie sprach, während sie gleichzeitig die Gebärdensprache benutzte: „Dad, ich würde dir gerne meinen Gefährten Cruz vorstellen. Cruz, das ist mein Vater Rubac."

Ihr Vater schaffte es nicht, den Blick von ihren Beinen zu nehmen.

Cruz formte mit den Händen: „Freut mich, Sie kennenzulernen, Sir."

„Er meinte, dass er sich freut, dich kennenzulernen", übersetzte Ebby.

Ihr Vater blinzelte und schien schließlich Cruz zu bemerken. Ein Lächeln zeigte sich in seinem Gesicht. „Dein Gefährte hat eine gute Aura. Stark." Er sah in ihre Augen. „So wie du auch, meine Tochter."

Ebbys Herz machte einen Satz, den sie nicht zu interpretieren wusste. „Dad, h-hast du noch Angst vor mir?"

Ihr Vater schüttelte den Kopf und schwamm näher zum Ufer, bis sein Meermannsschwanz zu sehen war und in dem aufschäumenden Wasser funkelte. „Komm her und gib deinem Vater eine Umarmung."

In dem nassen Sand stolperte sie nach vorn, fiel vor ihm auf die Knie und warf ihre Arme um seinen Hals. Begleitet von einem Schluchzer presste sie heraus: „Ich habe dich so sehr vermisst."

Auch seine Arme legten sich um sie, eine Hand tröstend auf ihrem Schulterblatt. „Als du dich für das weibliche Geschlecht entschieden hast, dachte ich, dass du nie wieder die Alte sein würdest. Ich dachte, du würdest zu einem Monster werden. Ich lag falsch und es tut mir leid." Er umarmte sie fester. „Ich bin so stolz auf dich."

„Ich hab dich lieb, Dad", hauchte Ebby.

„Ich hab dich auch lieb, Ebby." Eine Welle schwappte über sie hinweg, welche beinahe das Handtuch mitgerissen hätte. Um es nicht zu verlieren, ließ sie ihren Vater los.

Er tauchte wieder ins Meer, doch blieb in der Nähe.

Als sie aufstand, kam Cruz zu ihr und legte einen Arm um sie, zog sie an seine Seite. *Alles gut zwischen euch?*

Sie lehnte ihren Kopf an seinen Oberarm, wackelte mit ihren Zehen im nassen Sand und beobachtete die smaragdgrüne Schwanzflosse ihres Vaters. *Besser als gut.*

Vom Wasser rief ihr Vater: „Geh zum Haus deines Onkels und begrüße Madison. Dann sag ihr, dass sie zu mir kommen soll. Es wird Zeit für ein Familientreffen."

Ebby setzte sich rittlings auf Cruz. Gemeinsam hatten sie es sich auf einer Decke am Strand bequem gemacht. Sie fand das Gefühl, ihn zwischen ihren Beinen zu spüren, noch immer faszinierend. Sie blickte aufs Meer hinaus. Der Wind hatte an Kraft gewonnen, wehte Sand in ihre Richtung, während der Sonnenuntergang den Himmel in ein Vanillegelb tauchte. Musik war vom Haus auf dem Hügel zu hören, Partygäste hatten den Strand auf der Suche nach Pizza verlassen.

Ebby atmete die salzige Luft tief ein, dachte an den Kuchen, den sie für Camillas Geburtstagsparty gebacken hatte. Seit sie mit ihren neuen Beinen das erste Mal ans Ufer gestolpert war, hatte sie einen Geschmack für das Essen der Menschen entwickelt, vor allem Schokolade hatte es ihr angetan. Daher verbrachte sie viel Zeit in der Küche, experimentierte mit verschiedenen Geschmacksrichtungen. Ihr Seealgen-Buttertoffee war nur mäßig angekommen, aber ihr Lappentang-Schokoladenkuchen war so gut gewesen, dass Camilla ihn für ihre Party verlangt hatte.

„Was geht dir durch den Kopf?", formte Cruz mit den Händen.

In den Monaten, die sie nun zusammen an Land lebten, hatten sie in Bezug auf das Gedankenlesen ein paar Regeln festgelegt. Zumal es der Anstand gebot, die Leute um sie herum an Unterhaltungen teilnehmen zu lassen. Zantu und Brianna hinkten bei der Gebärdensprache etwas hinterher, während Camilla fließend darin war. Ihre Nichte hatte zwar keinen Meerfrauenschwanz, doch sie schien Sprachen genauso einfach aufzugreifen wie Muscheln am Strand.

Da sie allein mit ihm war, öffnete Ebby ihre Gedanken für ihren Gefährten. Sie war sich nicht sicher, wie sie das Thema, das ihr auf der Seele lag, ansprechen sollte. *Ich hätte grad nichts gegen ein Stück Schokoladenkuchen.*

Er lachte und strich mit den Fingerspitzen über ihren Rücken. *Sollen wir nachsehen, ob uns Camilla ein Stück aufgehoben hat?* Seine Hand glitt an dem Bund ihres Bikinihöschens vorbei und umfasste eine Pobacke. *Oder willst du am Strand bleiben?*

Sie kicherte, spannte ihren Hintern an, noch immer nicht an die Empfindungen gewöhnt, die das Menschsein mit sich brachte. In ihrem Innersten würde sie für immer eine Meerfrau bleiben. *Ich bin kein Freund von Sand in meiner Pospalte. Kuchen klingt super.*

Er kitzelte sie, Sand bereits an dem Ort, an dem sie ihn nicht brauchte. Sie quietschte und versuchte, von ihm wegzukommen. Das ließ er jedoch nicht zu, packte sie und drehte sie dann auf den Rücken. Ein Kichern erregte ihre Aufmerksamkeit und Ebby tippte gegen Cruz' Brust. *Wir haben Gesellschaft.*

Cruz rollte von ihr herunter, während Ebby die Zeit nutzte, um ihr Bikinitop zu richten. Am unteren Ende des Pfades stand Camilla versteckt hinter einem Baumstamm, ein breites Grinsen auf ihrem elfengleichen Gesicht.

Ebby erhob sich, stemmte die Fäuste in die Hüften. „Camilla, uns auszuspionieren, ist sehr unhöflich."

Camilla wartete, bis auch Cruz in ihre Richtung sah und formte mit den Händen: „Mami meinte, ich soll euch holen, bevor wir die Kerzen anmachen."

„Geht klar, kleines Würmchen." Cruz benutzte ihren Spitznamen und Ebbys Herz flammte auf. Er wäre ein großartiger Vater. „Wir sind direkt hinter dir."

Als er die Decke ausschüttelte, bereitete sich Ebby mental auf ihre Frage vor. Bisher hatten sie noch nicht über Nachwuchs gesprochen. Ein Grund: Sie war sich nicht sicher, ob sie eine gute Mutter abgeben würde. Allerdings hatte sie auch den Irrglauben über Bord geworfen, dass das Herz einer Meerfrau nicht in der Lage war, einen Gefährten zu finden und sich in ihn zu verlieben. Vielleicht, so schlussfolgerte sie, würde sie also eine großartige Mutter abgeben. *Hast du schon mal daran gedacht, auch eins davon zu machen?*

Eins von was? Er rollte die Decke um ihre Trinkflaschen und klemmte das Paket unter seinen Arm.

Ebby schlüpfte in ihre Flipflops, ihr Herz schlug heftig in ihrer Kehle. *Ein kleines Würmchen.*

Cruz zog die Augenbrauen hoch. *Nichts würde ich mir mehr wünschen. Willst du mir damit etwas sagen?*

Seit ihr Brianna vor zwei Tagen mit dem Schwangerschaftstest geholfen hatte, wartete Ebby auf den richtigen Moment. Bei dem Pluszeichen auf dem Stäbchen hatte sie geweint. Das Ergebnis hatte ihr Angst gemacht, denn sie wusste nicht, ob sie für diese Verantwortung schon bereit war. Brianna hatte sie in die Arme genommen und ihr versprochen, bei jedem Schritt an ihrer Seite zu sein. In dem Moment hatte sie entschieden, dass es einen Versuch wert war! Vielleicht würde sie einen kleinen Jungen bekommen, der wie

Cruz aussah, mit dunklen Haaren und blau-grünen Augen, einem Lächeln, das sie zum Schmelzen brachte.

Sie biss sich auf die Unterlippe und sah unter ihren Wimpern zu ihrem Gefährten auf. *Ich habe gehört, dass ich bei einem Mädchen ständig Appetit auf Gurken und Schokolade verspüre.*

Cruz' Augen weiteten sich. In der nächsten Sekunde fiel die Decke zu Boden und er legte seine Hände auf ihre Schultern. *Ich werde bald Vater?*

Sie nickte.

Er entließ einen hörbaren Freudenschrei und riss sie in seine Arme. *Habe ich dir heute schon gesagt, wie sehr ich dich liebe?*

Ebby wickelte beide Beine um seine Hüfte und schwelgte in Freude. Sie konnte es schaffen. Mit der Liebe ihres Gefährten war sie zu allem fähig. *Sag es mir lieber nochmal, nur um sicherzugehen.*

Ich liebe dich. Er küsste sie leidenschaftlich, verwöhnte sie mit seiner Zunge.

Sie zog ihn enger zu sich. *Ich liebe dich auch.*

Mit einem wachsamen Auge, um nicht von Lutana oder einer anderen Meerfrau überrascht zu werden, schwamm Ebby durch den Algenwald zu dem Nest ihres Vaters. Zusammen mit der Erkenntnis, dass sie zwischen Meerfrauenschwanz und Menschenbeinen wechseln konnte, hatte sie auch festgestellt, dass der Atem-Zauber bei Cruz Bestand hatte. Auf diese Weise konnte er jederzeit ohne Ausrüstung mit ihr schwimmen. Sie sah nach hinten, wo er gerade durchs Wasser glitt, gekleidet nur in einer Schwimmshorts und langen Flossen an seinen Füßen. Hätte er einen Meermannschwanz, würde man ihn von einem Unterwasserbewohner nicht unterscheiden können. Er fand ihren Blick, seine Lippen formten sich zu einem Lächeln, das sogar seine Augen erreichte.

Ebby erwiderte das Lächeln und sah sich in der Umgebung um. Sie konnte das ungute Gefühl einfach nicht abschütteln, wenn sie schwimmen gingen. Sie würde sich besser fühlen, sobald sie die Harfe geborgen hatten. Sie brauchten mehr Schutz, wenn sie ihrem Vater und Madison bei Unterwasserfilmprojekten zur Hand gehen wollten.

Heute war kein Arbeitstag und Cruz hatte anstelle einer Kamera eine kleine Harpune in der Hand. Zwei Messer hatte er sich an die Oberschenkel gebunden. Auch Ebby hatte er bewaffnen wollen, doch sie wollte nicht das Gefühl haben, von ihrem Equipment heruntergezogen und gebremst zu werden. Da sie nun willig war, ihr Meerfrauenlied zu benutzen, brauchte sie ohnehin keine Waffen. Na ja, dass er eine Harpune hatte, war schon gut. Schließlich gab es Haie, die nicht so einfach zu kontrollieren waren.

Der Algenwald teilte sich vor ihr, entblößte das Nest ihres Vaters. Sofort schwappte ein wehmütiges Gefühl über sie hinweg. Nachdem sie das Leben an Land kennengelernt hatte, die Nester, die Menschen als Häuser bezeichneten, fühlte sich das Zuhause ihrer Kindheit winzig an. Der vertraute Boden aus Muscheln und Steinen und die löchrige Tischoberfläche waren erst vor kurzem gesäubert worden, die Algendecke schien gut getrimmt. Kato kümmerte sich um den Bereich, als würde er sie stets zurückerwarten.

Sie sah sich um, konnte den Fangschreckenkrebs jedoch nicht erspähen. Hin und wieder besuchte er sie in der Bucht. Nun war es einige Wochen her, dass sie ihn gesehen hatte, und sie machte sich ernsthaft Sorgen. Sie würde es den anderen Meerfrauen zutrauen, ihren kleinen Freund zu foltern.

Mit einem Messer in der rechten Hand schwamm Cruz an ihr vorbei, zu der Stelle, wo sie die Harfe vergraben hatten. *Ich hole das Instrument. In der Zwischenzeit kannst du dich umsehen.*

Sie schwamm zu dem angeknacksten Spiegel in der Ecke und positionierte ihn, sodass er das Licht von oben effektiver reflektierte. Viele Dinge gab es im Nest nicht mehr. Das Schmuckkästchen ihres Vaters lag nach wie vor in der Höhle, in der Cruz gefangen gehalten worden war. Timuri könnte diese Höhle noch immer bewohnen, weshalb sie entschieden hatten, erst dorthin zurückzukehren, wenn sie die Harfe geborgen hatten.

Sie glitt zu der Ecke, wo die große Truhe mit ihren Kinderspielzeugen stand: Puppen mit gelben Haaren, kleine Plastikblöcke zum Zusammenstecken, Geschirr aus der Menschenwelt und Utensilien, deren eigentliche Benutzung sie erst an Land in Erfahrung gebracht hatte. Ein ovales, braunes Plastikteil, das ihr Vater immer ihr Monster genannt hatte, lag nicht weit von ihr. Sie hob es auf und grinste bei den auswechselbaren roten Lippen und den Glupschaugen. Im Moment steckte eine weiße Hand in dem Loch für die Nase.

Sie hatte es geliebt, die verschiedenen Körperteile auf eine Weise zu arrangieren, um so einen monströsen Spielgefährten zu kreieren. Vielleicht würde ihrem Kind dieses Spielzeug genauso viel Freude bereiten wie ihr.

Nachdem sie es in ihren Netzbeutel gelegt hatte, nahm sie silberne und goldene Utensilien aus der Truhe. Menschen schätzten das Metall mehr, als sie oder ihr Vater jemals gedacht hätten. Hoffentlich fand sie genügend Schätze, um mit Cruz ein eigenes Heim zu kaufen, sobald das Baby auf der Welt war.

Hinter ihr strahlten Cruz' Gedanken Besorgnis aus. *Die Harfe ist nicht hier.*

Sie drehte sich zu ihm und durchquerte den Bereich. *Ist das auch die richtige Stelle?*

Mehrere Löcher, die Cruz gegraben hatte, ebneten sich von allein, als er sich der nächsten Stelle widmete und entschlossen auf die Suche ging. *Ich bin mir sicher.*

Ihr Magen verkrampfte sich, doch sie weigerte sich, zu akzeptieren, dass die Harfe weg war. Niemals wäre jemand in der Lage, sie zu finden, solange Kato Wache hielt. Sie bewegte sich zu der Nische, in der ihr Vater sein Schmuckkästchen aufbewahrt hatte. *Vielleicht hat Kato sie zur Sicherheit an einem anderen Ort vergraben.*

In der Nische zeigten sich lange Antennen hinter einem Stein, gefolgt von einem rot-blauen Carapax.

„Kato, da bist du ja!" Sie streckte die Hände nach ihm aus, jedoch nahm sie ein Fauchen wahr. Alarmiert zog sie die Arme zurück.

Der kleine Krebs bereitete sich auf einen Angriff vor.

Cruz kam zu ihr. *Was ist los mit ihm? Ist er krank?*

Ebby umfasste Cruz' Handgelenk, damit er sich dem Krebs nicht näherte. Sein Schwanz war kürzer als bei Kato und seine Färbung weniger grell. *Das ist nicht Kato.*

Sie ließ den Blick über das Nest schweifen und sah die Veränderungen erst jetzt mit anderen Augen: Ein Muschelhaufen auf dem Tisch. Ein neues Loch in der Algendecke, um mehr Licht zu gewährleisten. Die kürzlich getrimmten Schwämme. Hatte jemand anderes das Nest für sich beansprucht? Wie hatten sie die Harfe finden können? Und wo war Kato?

Der fremde Krebs stellte sich auf seine Hinterbeine und sprang wie ein kleiner Boxer hin und her. Obwohl die Kreaturen nicht sprechen konnten, verstanden sie einfache Fragen und konnten durch winzige Gesten kommunizieren.

Sie wünschte, sie hätte zur Bestechung etwas Fisch bei sich; nun musste Ebby jedoch ihr Bestes geben, um nicht allzu bedrohlich zu wirken. In einem gelassenen Ton sprach sie den fremden Krebs an: „Kennst du meinen Freund Kato?"

Das Wesen sprang weiterhin von einem Bein aufs andere, die kleinen Antennen immer in Bewegung, um Cruz und sie nicht aus den Augen zu verlieren. Die meisten Lebewesen verabscheuten Meerfrauen, aus gutem Grund. Warum setzte es nicht zur Flucht an? Es schien, als würde es etwas beschützen. Ebby musterte das Tier genauer. Seine Größe, die Färbung. Plötzlich war alles klar: Der Krebs war ein Weibchen. Sie beschützte ihre Eier.

Ebby wirbelte zu Cruz herum. *Kato hat eine Freundin!*

Cruz senkte die Harpune. Sein Mundwinkel zuckte amüsiert, dann zeigte sich ein breites Grinsen auf seinen Lippen. *Kato war beschäftigt!*

Sie lachte. *Er wird noch viel länger beschäftigt sein. Seine Art bindet sich fürs Leben.*

Von links hörte sie freudiges Klicken. Gerade rechtzeitig drehte sie den Kopf, denn Kato schwamm in Höchstgeschwindigkeit auf sie zu. Von ihrer Brust krabbelte er in ihre Haare, kleine Füße tanzten über ihren Nacken, bis er auf der anderen Seite wieder auftauchte. Sie hob die Hand und streichelte über seinen Krustenkörper. „Da bist du ja!"

Eine Antenne rieb er über ihre Wange und sprang dann von ihr herunter, um eine Schnecke vom Boden aufzuheben, die er im Eifer hatte runterfallen lassen. Mit der Mahlzeit krabbelte er zu seiner Partnerin.

Cruz gab Kato ein Daumen hoch. *Gratuliere ihm von mir! Sie ist eine wahre Schönheit!*

Ebby beobachtete, wie das Weibchen das Schneckenhaus mit einer Schere knackte. Ein Häppchen reichte sie an Kato weiter, bevor sie den nächsten Bissen für sich beanspruchte. „Wir freuen uns für dich, Kato."

Kato hüpfte auf und ab. Wenn ein Fangschreckenkrebs erröten könnte, dann wäre Kato jetzt knallrot.

Ebby zeigte mit dem Daumen über ihre Schulter, zu der Stelle, an der Cruz gebuddelt hatte. „Kato, hast du die Harfe bewegt?"

Der Krebs drehte sich einmal um seine eigene Achse und verschwand in eine Felsspalte. Wenige Sekunden später kam er mit dem zweisaitigen Instrument zurück. Ebby atmete erleichtert aus. „Ich wusste doch, dass ich mich auf dich verlassen kann. Danke."

Katos Partnerin krabbelte tiefer in die Nische, als Ebby die Harfe entgegennahm. Sie fühlte sich so leicht an. Ob es an den fehlenden Saiten lag oder weil sie die Macht dahinter nicht länger fürchtete, wusste sie nicht. Es zählte nur, dass sie damit ihre Familie beschützen konnte.

Während Cruz durch die anderen Gegenstände in der Spielzeugtruhe kramte, sah sie sich in dem Bereich um, den sie den Großteil ihres Lebens als ihr Zuhause betrachtet hatte. Sie schluckte schwer und ihre Augen brannten mit aufsteigenden Tränen. *Heilige Abgründe,* sie war seit ihrer Schwangerschaft wirklich äußerst nah am Wasser gebaut. Niemals hätte sie erwartet, eine eigene Familie zu haben. Trotzdem würde sie bei dem Gedanken, die Lichtung hinter sich zu lassen, am liebsten weinen. „Ich schätze, das ist jetzt dein Nest, Kato."

Cruz zog sie in seine Arme und hob mit einem Finger unter ihrem Kinn ihre Augen zu seinen. *Na aber, es ist doch nicht so, dass wir nie wieder herkommen. Kato wird bald eine Familie haben. Wir müssen ihn besuchen. Ich bezweifle nämlich stark, dass er die Möbel für seine kleine Lady regelmäßig vom Sand befreit.*

Kato wackelte zustimmend mit seinem fächerförmigen Schwanz und buddelte sich vor der Nische ein, als würde er jeglichen Anspruch auf die Lichtung ablehnen.

Ebby platzierte sanft eine Hand auf Cruz' Wange und küsste ihn. *Du weißt immer genau, was du sagen musst.*

Eine Hand legte Cruz auf ihren leicht gewölbten Bauch und verteilte Küsse auf ihrem Gesicht.

Einen zufriedenen Seufzer später musterte sie das Sonnenlicht, das durch die Algendecke traf, und die Stängel, die in der Strömung einen Tanz vollführten. Vor nicht allzu langer Zeit hatte sie noch befürchtet, den Ozean für immer allein durchstreifen zu müssen. Sie hatte gedacht, nicht vertrauenswürdig zu sein, dass sie nicht fähig war, Liebe zu empfinden und dass sie es nicht verdiente, Liebe zu empfangen. Dass ihre Natur es nicht erlaubte, einen Gefährten und eine Familie zu haben.

Cruz hatte ihr dabei geholfen, zu entdecken, dass die Frau in ihr stärker war, als sie das jemals für möglich gehalten hatte. Mensch, Frau, Meerfrau – egal, in welcher Form sie sich auch befand, sie allein konnte entscheiden, wer sie sein wollte, wie sie sein wollte. Cruz hatte ihr das Unmögliche gegeben und sie konnte sich ihr Leben nicht mehr ohne ihn vorstellen.

Seine Küsse erreichten ihren Mund und sie schloss die Augen, genoss, wie er ihre Lippen neckte, bis elektrisierende Empfindungen durch ihre Adern jagten. Wie war es möglich, dass seine Küsse sie immer nach mehr lechzen ließen? Seine Hand landeten auf ihrer Rückseite, um ihre Hüften an seine zu pressen. Seine Erektion machte klar, dass auch er den Kuss weitertreiben wollte.

Sie entriss ihm ihre Lippen und fand seine blau-grünen Tiefen. In ihnen sah sie bedingungslose Liebe, Vertrauen und Begierde. Ihr Blick fiel auf das Bett aus Schwämmen, bevor sie ihn sinnlich anschmachtete. *Wollen wir testen, wie stabil das Schwammbett ist?*

Ein sündhaftes Grinsen zeigte sich bei ihm. *Du unanständige kleine Meerfrau. Immer denkst du nur an das Eine.*

Schmunzelnd führte sie ihn zu dem einladenden Schwammbett. Ihren Gefährten. Ihren Liebhaber. Ihr Ein und Alles.

Ich hoffe, dir hat Ebbys Geschichte gefallen! Mehr Bücher aus der Gefährten für Monster-Reihe wird es in 2022 geben! Abonniere meinen Newsletter, um so schnell wie möglich von Neuerscheinungen zu erfahren! Als kleines Dankeschön werde ich dir ein kostenfreies Bild zum Ausmalen schicken!

XOXO,
Tamsin

HIER ABONNIEREN >>> http://join.tamsinley.com/newsletter_abonnieren

Vor langer, langer Zeit habe ich es mir in den Kopf gesetzt, biomedizinische Technikerin zu werden. Das Aufschneiden von Laborratten führt allerdings selten zu einem glücklichen Ende, wie man es aus Büchern kennt. Jetzt vermische ich meine Begeisterung für die Wissenschaft mit charakterorientierter Romance und einem garantierten Happy End. Meine Monster finden immer ihre Gefährten, in Geschichten mit temperamentvollen Protagonistinnen, gequälten Helden und einer guten Portion Erotik. Ich verspreche Dir, meine Geschichten werden Dich nicht hängen lassen. (Obwohl es natürlich passieren kann, dass Du danach noch mehr willst!)

Wenn ich nicht schreibe, dann findest Du mich im Garten oder in der Küche, auf Erkundung durch Alaska mit meinem Ehemann oder bei der Vorbereitung auf eine Zombie-Apokalypse. Natürlich könnte es auch passieren, dass Du mich dabei erwischst, wie ich mein kuscheliges sechs Kilo Häschen

Abigail bewundere. Ich liebe Wein und Apple Cider. Und auch wenn ich nur ein bescheidenes Talent dafür besitze, genieße ich es, zu häkeln.

Gefährten für Monster

Der Kuss des Meermannes

Die Mission des Meermannes

Eine Meerjungfrau mit Herz

www.ingramcontent.com/pod-product-compliance
Lightning Source LLC
Chambersburg PA
CBHW070944190726
48292CB00004B/1335